葉子
Leaves Publishing

根
以讀者爲其根本

莖
用生活來做支撐

葉
引發思考或功用

果
獲取效益或趣味

葉子

愛讓我看的見

Share Your Love

生命因分享而充實

每個人的故事其實都能成為「愛的見證」，
當我們願意用眞情寫生命，
那卑微之中一樣可以成就崇高的呼吸。

周翠紅◆著

愛讓我看的見

作　　者：周翠紅
出 版 者：葉子出版股份有限公司
發 行 人：宋宏智
主　　編：范維君
行銷企劃：汪君瑜
執行編輯：洪崇耀
印　　務：許鈞棋
專案業務：林欣穎
地　　址：台北市新生南路三段 88 號 7 樓之 3
電　　話：（02）2366-0309　　傳真：（02）2366-0310
讀者服務信箱：service@ycrc.com.tw
網　址：www.ycrc.com.tw
郵撥帳號：19735365　　戶名：葉忠賢
印刷：上海印刷廠股份有限公司
法律顧問：北辰著作權事務所
初版一刷：2005 年 4 月　　新台幣：280 元
ISBN：986-7609-62-X

國家圖書館出版品預行編目資料

愛讓我看的見 = Share your love / 周翠紅作.
-- 初版. -- 臺北市 : 葉子, 2005[民 94]
面 ;　公分. -- (忘憂草)
ISBN 986-7609-62-X(平裝)
855　　94003829

總　經　銷：揚智文化事業股份有限公司
地　　址：台北市新生南路三段 88 號 5 樓之 6
電　　話：(02)2366-0309
傳　　真：(02)2366-0310

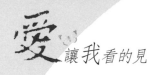

江序

人類作爲金字塔頂端的高等動物，代價就是在成爲一個獨立自主的個體之前，需要經歷漫長的成長歷程，受家庭教育、學校教育與社會教育的深刻影響，成就個體在人生腳本中的角色功能。

自詡爲地球上最高等靈長動物的人類，具備複雜的心智結構，成長的歷程緩慢，因此花費相對於其他生物體都還漫長的時光，在做獨立自主扮演生命角色的準備。一般來說，就如同法律給予二十年的時間，個體通常需要一段相當長的時間，依賴家庭的滋養與支持，然後帶著與家庭互動的記憶，獨立生活。當然這中間還有許多的變異，有些人可能無法獲得二十年的撫育，就不得不獨立面對生活，也有些人可能不具備獨立的能力，一輩子都需要依賴家庭的照顧。絕大部分的人或許處在這兩極的中間地帶，然而無庸置疑的是，我們都需要也深受家庭教養及撫育的影響。不論受到的影響是有益，抑或是有害於當下的生活，身爲一個人，我們的靈魂必然受到祖先的庇蔭，帶著祖先的影子，烙印在我們的神經細胞上，伴隨並影響個體演出成功或者失敗的生命腳本。

二十年前，一般人追求的是國民義務教育的完成，因此花費九年接受國民義務教育；而今，有百分之八十七的高中畢業生，可以順利進入大學就讀，甚至滿街都可能是研究所畢業生，於是學校教育的時間長達二十一年以上（從幼稚園到研究所畢業）。如果再加上就讀博士班，或許就要花費達二十四年以上的時間接受學校教育，以目前台灣地區人民的平均年齡七十六（男性）或七十八歲（女性）來計算，一個人可能花費三分之一的生命在接受學校教育上。我們不禁要思考一個嚴肅的問題，在有限的生命歷程中，如此重大的投資，是否值得，是否可以獲得有意義的收穫？也同樣要思考，運用有限的生命資源，要投入如此巨大的教育投資，最重要的內涵究竟爲何？尊重生命的存在與其價值，不論是接受教育者，抑或是執行教育者，怎能再繼續懵懂無知地人云亦云，抑或墨守成規，不加深思熟慮呢？

人類在兒童與青少年時期，神經系統處於快速發展的階段，也屬高度可塑的時期，即使發展再怎麼遲緩與障礙的心智，都可以加以教育及訓練。此一時期也是可以產生最好效果的時期，生命在逐漸衰老的同時，雖然能持續擁有學習能力，但是仍不免如同俗語「老狗學不了新把戲」一般，較難學習與改變。如此重要的階段，決定個體是否可以成就成功的心智功能，最關鍵的環境因素，也就是我們每日身處的家庭與學校。於是再如何地強調都不爲過，家庭與學校教育正是個體生活及生命成功與否的關鍵。

最近健保心理治療的項目中，增添了一個治療項目——「再教育性心理治療」（Re-educative Psychotherapy），這不禁讓我聯想，爲何人們在四分之一到三分之一的生命中，接受了家庭教育與學校教育，最後卻有可能要到精神科門診或住院，接受再教育呢？我們所要誠實面對的是，是否是因爲家庭教育與學校教育有所不足、或者是有所偏差，而無法成就個體的身心健康呢？

現代雙薪父母忙碌的生活劇本是，每天花費三分之一到二分之一的時間在工作上，追逐成就與財富，另外有三分之一強的時間在吃飯、睡覺、搭車或開車，星期假日可能還要補眠，剩下一些時間給小孩，卻只是討論給多少零用錢，並且要求小孩要好好唸書，與小孩缺乏親近與交流的機會，於是在小孩的人格中，可能烙印著「缺席父母」（Absent Parents）的記憶。一種缺乏父母的經驗與智慧的傳遞，以及與父母交流互動的關係記憶；也就是缺乏交流分析中所謂的「父母自我功能」，以及父母自我與兒童自我間建設性的內在交流及對話。或有另外一種極端的典型父母，他們會神經質地關注與回應小孩的任何需求，深怕小孩有任何一點點閃失、挫折與傷害，提供小孩一種「溫室」的環境，將溫度、溼度、空氣、水分、營養都控制在衡定的狀態，小時候要糖給糖吃、長人了要車給車開，於是小孩永遠是小孩，無法獨立面對現實，遇著挫折總是引發「小孩」的憤怒與攻擊，怪罪環境沒有提供「自動化控制」的衡定機制；於是，離不開溫室，或者離開一個溫室，又再度找尋另外一個溫室，搾乾它的能量；成就了溺愛父母自我與依賴驕寵兒童自我共生的人格結構，最後，當溫室功能消逝時，個體只好在溫室中凋謝死亡。沒有一個小孩生下來就可以成爲大人，也沒有一個大人天生就會當父母親，因此個體需要接受教育，教導如何從事家庭教育，於是才可能減少上述破壞性的家庭教育。

流行病學的調查顯示，青少年最常見的心理困擾是課業壓力與人際關係問題。而在門診前來接受心理治療的青少年中，深究其所謂的課業壓力，並不盡然與課業本身的學習困難有關，卻可能是對學校裡升學第一的偏差文化適應不良，可能是遭受老師的「恐怖威脅」，以體罰或者情緒虐待的方式強迫式地創造升學率，也可能是認同了或者是難以認同學業優勝劣敗的自尊價值，而喪失了自尊。學校教育裡當然還有一些怪現象，你我都可能曾經親身經歷，例如學校上課留一手，明示與暗示可以到兼差的補習班「進修」，強調德、智、體、群、美的教育，但是卻高懸掛羊頭賣狗肉的課程表，挪用無關升學的課程時段。溝通分析理論中有關於溝通部分，說明潛藏性溝通（Ulterior Communication）經常傳達眞實的訊息，而社交性溝通（Social Communication）則是共構的一種「詐術」，在高豎百年樹人的教育大旗之下，是否隱藏著偏差，扭曲了教育的本質，正如同教育者強調的「身教」，在與學生的交流過程中，仍將一一藉由隱藏性溝通，內攝（Introject）成爲學生對這個世界的認識。教育中是否果眞有所偏差，造成個體不經過教育也罷，但是在接受教育之後，卻產生了一些病態，因此需要接受再教育性心理治療呢？

上述這些家庭教育以及學校教育的極端破壞性例子，不可否認地是部分存在的事實，但是假若全然否定父母與學校老師的努力及貢獻，也會成爲一種極端不理智的偏狹與瘋狂；不過我們仍舊需要冷靜思考，家庭教育及學校教育的內涵，是否果眞偏離了成就生命存在價值的目標，是否提供了足夠的訓練，讓個體適應成人的獨立生活，抑或造就缺乏能力過滿意生活的個體呢？

如果目前的家庭及學校教育，在成就一個獨立成熟的個體上有所欠缺，解決問題的方式就不能只是等待個體在適應困難之後，才運用醫療資源加以修補，而是要做初級預防，就教育在「傳道」與「解惑」的部分加強。於是教育的課程主題，可能包括諸如溝通分析理論中的「時間結構」，討論如何分配與管理時間，滿足與妥協個體各方需求。老師與父母可能因此允許小孩擁有與父母親近的時間、遊戲的時間、運動的時間、睡覺的時間、及社交的時間等等，老師與父母也可能會告誡小孩花太多時間唸書、睡眠不足、缺乏運動、很久沒聯絡好朋友、缺乏與家人溝通和親近等等。可能開設「心理經濟學」，與學生討論如何將有限的生命和精神資源做最經濟的規劃，來獲取個體需求與價值的最大滿足。父母與老師將運用與小孩的互動，專注於過程，發展小孩獨立自主能力；最後，分數高低並非判斷學生學習成就的單一標準，是否主動收集資料、獨立思考與判斷、接受與承擔錯誤、實踐知識與採取行動，將會是父母和老師關注的重點。或者是以「交流分析」作爲一個課程的主題，瞭解人際間的訊息如何地交流與互動，分辨社交性的溝通及隱藏的眞實訊息，幫助學生學習有份際但不失親近的人際關係。於是，精神科的門診可以少掉一些因爲過度工作，不知道何時該下班回家的工作狂；也可以少掉一些因爲兩性關係衝突的怨偶；或那些因爲病態依賴，卻仍因轉移關係，而依賴心理治療師許久的個案可以少輔導一些。

溝通分析（Transactional Analysis）是一門人本取向的心理學，於一九六〇年代，由Eric Berne醫師開啓先鋒，延續當時美國精神分析主流自我心理學（Ego Psychology）的傳統，基於存在主義自決的哲學思考，融合當代的認知行爲科學理論、人際取向的心理學、現象學及其獨特創見，捨棄深奧難懂的專業語言，運用通俗的語言闡釋心理現象，讓心理學從遙不可及的專家秘密，轉變爲每一個人的日常生活學問。溝通分析的目標在於協助個體面對人性的黑暗面與破壞性，最終能成就個體的獨特性、自主性、責任感、存在的價值、以及與人際間親密與愛的能力。溝通分析的理論與實務，在西方社會，不僅已經成功地運用在臨床心理治療及經營管理上，也充分地運用在教育及諮商的領域。如能將這門學問有效地運用，正可彌補與導正當前家庭與學校教育中，過度強調知識學習的偏差，強化人格及生活教育，成就具備獨立成熟心智的健康個體。

擔任學校輔導老師的翠紅，基於對生命價值的尊重與愛護，及作爲輔導老師的責任，運用公餘時間，自掏腰包繳交不貲的學費，接受四年漫長的溝通分析理論與實務訓練（101、202、見習與實習課程及個別治療），將理論與實務訓練的成果運用在生活以及對學生的輔導教育上，充分力行與實踐爲師者傳道、授業、解惑的任務。其身體力行的不僅是一門「愛的教育」，更將其學習與實踐的心得爲文分享，來「教育愛」。翠紅以實際的行動，將其學習心得與生活智慧，以最接近生活的中文語言，闡釋溝通分析心理學的意義與內涵，媒介學習這門學問的經驗及心得，令人爲其感動與興奮。感動其用心學習與經營教育，興奮其溝通分析心理學得以跨出心理衛生臨床工作的界線，更爲普及大眾。

期待翠紅這本書的出版，能鼓舞與帶動更多的人參與溝通分析的訓練與學習，接受理論講習、工作坊、實務督導以及個別分析與治療等訓練課程。心理衛生從業者以及教育輔導工作者可以參與全部的專業課程，取得證照，成爲專家；一般大眾則可以視個別的需要，參加部分課程，成爲自己生活的專家。藉此將溝通分析中所蘊含的人本精神，灌注於豐富家庭及學校教育，內攝成爲生活文化的內涵，彌補當前部分家庭與學校教育的偏離，成就個體健康與尊嚴的文化現實。最後要強調的是，溝通分析是一門生活與實踐的心理學，參與透過眞實交流的學習是必要的基礎，只是咬文嚼字，在文字與知識上嘮嘮叨叨，實在無法成就生活的具體現實，於是在接受文字的薰陶與感染之後，實際參與教育訓練、督導實習及接受分析治療，方才能將知識轉化爲生活與人格的整體，加以實踐，身體力行。

財團法人長庚紀念醫院基隆分院精神科主治醫師

中華溝通分析協會理事長

江原麟　二〇〇四年

金序

這是一位喜歡寫作的輔導老師，將她的輔導經驗一五一十娓娓道來的親切故事。周翠紅老師曾經是我在師大十餘年前教過的學生，畢業後她從麗山國中、北投國中到臺灣戲專（前復興劇校），一直沒有離開心理輔導的崗位。在這本書裡，看著她在家庭與學校之間來回，在經驗與理論之間來回，在別人的故事與自己的故事之間來回，教學生涯中充滿了許多的感動與溫馨。

隨著網際網路的發達，人際之間溝通的方式也隨著改變。曾幾何時，我們倏忽發現，人與人之間的距離日漸疏遠，原本算來是較爲安穩親密的師生關係、親子關係，也受到了衝擊。很多人去過夏威夷，沒去過的大概也聽過夏威夷的招呼語aloha。這句話包括了兩層意思，alo是指面對面，ha是指生命的氣息。當人與人之間會面時，這句問候語傳達了兩個生命靠近時的互通聲息，兩個靈魂的心電感應。心理輔導工作也有這樣的特性，可以讓人和人之間的距離拉得更近；在近距離的交會中，雙方都有可能產生靈性互通的改變。

在這本書中，我們看到了這種改變。周翠紅說了許許多多她和學生的故事、許許多多她和家人的故事。不知道是她說出了故事，還是故事說出了她。別人的故事也帶出她自己的故事，成長與療癒，默默地在雙向進行著。到底是誰幫助了誰，眞的搞不清楚，這就是心理輔導迷人之處。

這是一本用眞性情寫就的書。只有眞性情才能飽含著化不開的愛；我相信讀者可以和我一樣，感受到濃郁的師生之愛、親子之愛、夫妻之愛，瀰漫在整本書中。愛能讓一個人心地柔軟，充滿慈心與悲心，藉著愛的渲染，讓我們生存的世界更美好，我想這是翠紅撰寫這本書的初衷。身爲初稿的第一個讀者，我與有榮焉的沉浸在這份美好當中，也樂意和讀者們分享這份歡喜。

臺灣師大心輔系教授

金樹人

翁序　生命藝術的工作者—周翠紅

離開學校工作了十多年，結了婚，成了家，也爲人父母了，成年人的初期目標似乎都達成了，然而許多人就在此時陷入了困境。我自己回顧我五十年來的半生，三十歲前後是我心理上最艱困的關卡。我也遇過許多與我相類似，也在三十歲前後陷入人生困境的男男女女。有的在工作上已經駕輕就熟，重心就轉到工作以外的事情上。工作就只是工作而已，沒有挑戰，也沒有興奮；有的轉換工作環境，甚至轉行，尋找新的挑戰；也有的去進修，尋求更上層樓的可能。工作以外，親密關係也常出現危機，不只是夫妻之間，也包括親子之間，多年前的電影，《克拉瑪對克拉瑪》就是一個動人的例子。也有一些人，雖然辛苦的經歷著人生的困境，卻也勇敢而認眞地接下這生命的功課，爲自己尋找脫困之道，甚至於從煩惱中悟出了菩提，爲自己的一生找到了源頭活水，周翠紅老師正是這麼一位爲自己找到源頭活水的生命創作者。

認識她，是幾年前在諮商室內的偶然。當時的她，看來並沒有很急迫的困境，因爲修習溝通分析治療的課程，被要求要有被諮商的經驗，她倒是順著這個機會，主動爲自己抓住了回觀梳理自己生命的機會。如同她自己在書中提到的：

「我選擇了……，以『說故事』的方式呈現並創作自己的生命內涵，用撤除漠視面具的健康雙眸，閱覽自己的人生道路，從中尋找意義，並發覺與現實生活間的關聯。」這種認眞，帶來了意外的辛苦，她說了好多次，不只是在諮商室內落淚，出了諮商室還自己哭著下陽明山。這樣的努力帶來的是——「悲傷會過去，但它慢慢走，緩緩爬上心頭的，是越來越多的放鬆與豁達。」的確，我仍然深刻的記得，她在諮商第六次就開始展現了這種放鬆與豁達，她不再執著於她自己的過往，眼光專注凝視在身邊其他的身上；世界似乎成了她的創作舞台，處處充滿新意，別人認爲煩苦的工作，她不但不拒絕，反而成了她發揮創意的挑戰。跟身邊人的關係也更眞實而親近。更難得的是，她勤於書寫，讓我們有機會分享她的生活智慧。希望透過她的分享，有更多的人也拿起自己生命的創作權力及責任，爲自己找到源頭活水，也讓身邊的人得以舒展。

於輔仁大學心理學系
翁開誠　二〇〇四年

自序

「一切現實都必然是有缺憾的，理想僅存在於人的不斷創造中。當一個人不能去愛，一切現實都只成吞蝕人心靈的惡魔。」這是筆者在臺灣師大教育心理與輔導學系唸書時，系上徵文比賽時寫的「生日的故事」中（見附錄）所提到「二十一歲最大的了悟」。這篇文章在當時獲得到第二名，如今我同樣以「追求理想實踐愛」的精神，撰寫這本《愛，讓我看的見》，其中蘊藏我對家人、對學生、對生命的無限執著與熱愛。

追求心靈的成長是一條非常苦澀的道路，我有幸能自童年的傷害中再站起來，除了感謝師大心輔系的教化、心理諮商師翁開誠老師的傾聽與同理、中華溝通分析協會督導老師們的溝通分析課程訓練，我想最感謝的還是我的父母所賜予我的自由童年。

在這個自由童年裡，我受到一些傷害，但我也同樣自其中得到很大的訓練與滋養——尤其是我的自由兒童（FC）得到大自然最多的照拂與眷顧。如果這本書能影響讀者對生命或對人們的看法，我會將它們歸功於大自然的神奇啓發，就好像我們感恩那看不到的神一樣，充滿著奇異恩典！

這本書的完工，除了學生、家人與自己的生命激盪外，還要感謝幫忙校正〈心理成長篇〉的TA監事陳雅英老師、製作插畫的朋友、好友昭惠的協助尋找出版社，以及我的母親的撥空校稿。但在我心中最感謝的一個人，是我的美容師林淑女女士，她常在我護膚時和我一起分享這些生命故事，也提供我許多思考的方向，讓我的靈感可以活絡不絕，滿載著快活與創意。**生命因分享而充實，每個人的故事其實都能成爲「愛的見證」，當我們願意用眞情寫生命，那卑微之中一樣可以成就崇高的呼吸。**本書以愛爲中心，盼望讀者能自其中挖到寶藏，從而實踐愛的生活，爲生命本身更添一分活力與光澤！

周翠紅

目錄

心理成長篇……141

麻辣鮮師篇

我從台灣師大畢業迄今已任教十三載，從麗山國中、北投國中、復興劇校到目前的臺灣戲專，在不同學校裡我做過行政人員，當過級任導師，最終我的摯愛還是落在「輔導教師」這個職稱上。

當一位學生走進晤談室時，我會有一種說不出來的感動，那好像是他們在對我說：「老師，我信任妳，所以我願意找妳談談我的心事。」而在這種信任之中，我聽到數不清的故事，或喜悅、或憤怒、或哀傷……除了晤談，我也到班上教授「輔導活動或人際關係課」，在教室情境中，我又看到了孩子們不一樣的自我表現。

〈麻辣鮮師篇〉記載著這些發生在晤談室與班級教室中的各種故事，每篇故事都滿載著孩子們與我所激盪出的生命眞情，就因著這些溫暖之情，讓我一直有所動機想記錄所有的感動，最終是希望透過這些故事來影響周遭的人，並且實踐「你好我好大家好，這個世界眞美好」的桃花源境界。

1 信任

美學家朱光潛先生有言：「欣賞之中都富有創造，創造之中也都富有欣賞。」當一個孩子呱呱落地之時，幾乎每一位父母都會用欣賞的眼光看待這孩子，用一種無可抑阻的堅強信任，相信自己所創造出來的寶貝，就是世間至美。但曾幾何時，欣賞的眼神迷茫了，信任的步伐退縮了，父母不知何故，在種種世俗眼光壓迫下，開始懷疑這個世間至美的寶貝，爲何不再發光發亮，而孩子就在這種半信半疑的詭譎氣氛中匍匐前行，不和諧的步伐導致足音零落，父母與孩子的苦難心靈都在尋訪那古老的信任力量。它們，是在何方？

曾經和一位國中的學生晤談，看他小小年紀就要承受那麼多壓力——父母失和，爸爸長年在大陸，家中負債，母親一肩扛起照顧四個孩子的責任，學生自己身體欠佳。也難怪他要說：「我快要發瘋了！」那種心理與生理的雙重煎熬，使他有種快撐不下去的感覺。慶幸的是，他來找我了，這下子所有凝聚在壓力鍋中的情緒蒸

氣頓時有了一個發洩的出口，看他離開時的那種輕鬆，我知道下次他再有鬱悶時，會來找我。

在與學生晤談的過程中，他提到一件事：「為什麼有些老師不肯相信我說的呢？為什麼我明明說的是事實，卻要遭受老師的懷疑、批評甚至是帶點諷刺的辱罵呢？」這種受挫的情緒，我想我是懂的。因為懂得其中的不舒服，我的同理才能發生效用：「你覺得他們的不信任，給你帶來了傷害。你的自尊與人格受到了污蔑，這些老師帶給你很大的心理壓力喔！」

當孩子的話一旦被接納、被信任後，他的整個自我防衛就會鬆懈下來。我的信任只是在告訴他：「我相信你是個好孩子，也相信你的所言所行一定有他們背後的深層理由。」因為這種對人的整體信任，使孩子感受到被尊重、被接納，因此他反而會開始學習為自己的言行負起相對的責任來。

孩子心情放鬆後，所有的不滿、憤悶、哀傷、喜悅、恐懼，全都會像山洪爆發似地一傾萬里，直洩無礙。當他真正信任我後，所有的芝麻瑣事也就無須遮掩，而就在這種暢快地傾訴中，他才真正開始重新發現自己的能力，重新尋回那失落多時的信心。

生命裡，因為職業的關係，我經常會聽到傷心的故事。我確實無法替學生們承擔什麼，除了傾聽、同理、分析、澄清、回溯，許多技巧在當下並不一定會發生神奇的療效，但精神上的與個案同在，卻是心理晤談的首要。信任，才能幫助個案度過難關，也唯有眞誠的相信對方，才能激勵他們成長與改變！

沒有人喜歡被別人以懷疑對待，如果一位老師習慣懷疑學生，那學生必然也會相對不信任這個老師。人是互相的尊重，人也是互相的模仿與學習。當一位老師願意把信任交給學生，他同時也就是把信心這股無形的精神力量傳遞給學生。

有信心，前途才會一片光明。當一個孩子誕生之際，我們都一定相信他必然學會說話，他也一定勝任走路這件事。那何不讓我們用生命之初的悸動——欣賞之眼，信任之眸，來創造每一位孩子，每一個學生的美麗人生呢？我們堅信他們行，他們就會在我們的自我預言中，遇見美麗人生！

2 被動行為

人類最佳的生存之道，是在與他人的關係中，亦能保有獨立。但這種健康的概念卻被忽略，取而代之是人們運用各種不同的「被動行爲」（註一），以維持與他人熟悉又安全的「共生關係」（註二），即使這種關係並不健康，但人們卻反覆使用，一如《西藏生死書》中描繪人生五章其中的一段：「我走上同一條街，人行道上有一個深洞，我看到它在那兒，但還是掉了進去……。這是一種習氣，我的眼睛張開著，我知道我在那兒，這是我的錯，我立刻爬了出來。」如何跳脫被動行爲，邁向獨立成熟，或許正是許多人心中的一團疑惑。

又和一個國二的孩子談心了。老實說，有些孩子天馬行空的思想，眞考驗我

註一 「被動行為」是一種讓人們用來辨識一個人是否有漠視的方法之一。共有四種類型的被動行為：什麼都不做、過度適應、躁動、無能力或暴力。

註二 「共生關係」是由貫注學派（The Cathexis School）的代表人物席芙所提出的看法。當一個人漠視自己的自我狀態，同時也漠視別人的自我狀態時，便構成了這樣的共生關係。

的晤談智慧和耐心。通常晤談一開始，我都會鎖定主題，今天要談什麼？談人際，就不談其他。但孩子的腦袋並不會制式到如此精確，他一下子跑到了他的夢境，下一秒又說起了他的家，等會兒又跑到了同學身上，我彷彿必須拿起一條鍊子，緊緊栓住這匹思想奔騰的快馬，才能讓他在固定的道路上奔行。

這孩子的雙眸是靈動，或者說是飄忽更貼切，他的手指也會跟著語句的激昂翩翩起舞。我說：「哇！不要破壞了公物哪！」他竟把我心愛的萬年青當玩具玩了起來，喔！葉子受損，這種躁動現象，在溝通分析裡就叫做「被動行為」。「躁動」是指藉著重複某個無目標的行動，使自己逐漸激昂起來，其目的是避免運用自己可以解決問題的能力，特別是思考力。所以當孩子說不知道時，我會邀請他一起來想想看，通常此時他會暫停躁動行為一下下，開始思考。如果他仍繼續躁動，我會說：「折葉子的感覺如何？」然後要他跟葉子說說話。

有另一種形式的被動行爲是「什麼都不做」，曾有一個學生和我晤談，持續維持了兩個多鐘頭的哭泣，他就是典型的「什麼都不做」的代表——他不運用自己的思考和反應，一切都表現得不在乎，整個人就像退化到了嬰兒的無助狀態，只能等待焦急的大人一頭熱地再來拯救他。

跳脫被動行爲，簡單來說就是把自己的漠視 註三 面具摘掉，當一個人不再戴著漠視眼鏡，而用犀利睿智的眼睛看待世界時，他就能好好運用思考力，確實地尋找自己可以解決問題的資源，而不致陷入依賴他人的狀況裡。

當你只是表現無力，等待他人來救援，你處在被動行爲裡；當你使用暴力，不斷攻擊自己或別人時，你一樣是在被動行爲裡；當你運用自以爲是的讀心術，猜測別人在想什麼或要什麼，以別人的喜好行事時，你依舊活在被動行爲裡。一個獨立自主不漠視的人，眞正會做的事是運用自己的思考能力，不斷與現實溝通，主動與事實接觸，如此的人才是眞正健康快樂的贏家！

註三 漠視是一種內在的歷程，透過溝通和行為去表達人們忽略或扭曲關於自己、他人或現實的事實。經由漠視，人們會忽略自己的感覺、想法與行為，似乎一切都不是那麼重要，一切也都和「真實」有很大的落差。

3 不要思考

「我思故我在」是法國著名哲學家笛卡兒的經典名言，正著看它好像是「我思考故我存在」，倒著看它彷彿又變成了「我存在因爲我正思考」。不論後生晚輩們如何詮釋這句經典名言，我相信大家或許都會同意這個看法：「思考是重要的，生命的存在也是重要的。」然而當一個孩子在成長的過程中，被一種無情的、現實的巨靈之掌，壓搾著不能去思考，不能去想像時，那這樣的生命要如何去活出他的存在意義？當孩子被貼上「不要思考」的標記後，他該如何掙脫這符咒，讓思想之馬能再次馳騁於生命大道上？

曾經有一個學生來我這兒訴說他的故事，他描繪在他很小的時候，爸媽就離婚了，直到有一天，孩子問爸爸：「爲什麼你們要離婚？」爸爸說：「這是大人的事，你問這麼多幹嘛？大人的事，小孩少管。」幾次經驗下來，這個學生學到了一件事，就是「不要思考」，思考是痛苦的事，會被爸爸罵，爸爸在無形的肢體語言上，有形的口語會話上，再再傳遞給孩子這樣的訊息。

當有一天我問這個孩子，爲什麼脾氣暴躁？孩子說：「不知道。」我問：「如何唸好書，不讓爸爸擔心？」孩子仍說：「不知道。」其實，我問再多的問題，孩子只會一臉迷惑，一頭霧水似地告訴我：「我眞的不知道呀！」

是的，孩子是不知道的，他甚至不知道「我爲什麼還要活下來？」「有誰在乎過我的死活呀？」輕鬆地說不知道，這決定早在當年一歲時，爸媽就強迫他做出這個決定了。爸媽親手剝奪了他原本可以擁有的快樂幼年，親愛的爸媽竟決定讓風雨走進家庭，讓殘缺日夜啃蝕他脆弱無助的心靈。

久了，這個孩子麻木了，心早破碎，只留下寒心之後的堅強外表，以及一個一問三不知的扭曲人格。孩子早就成了沒有選擇權之下的犧牲者。思考，何必呢？連最親密的爸媽都未曾好好思考過，身爲愛情結晶的他，又如何能好好思考屬於他的未來，除了無盡的迷網，無限的悲傷，他能怎樣過活？

打破「不要思考」，太苦了吧，也太可怕，畢竟這魔咒已在身上十幾年了。

不過他遇見了我，我決定扶他一把。我無法代替他思考，但我卻能陪伴他思考。打破不要思考，首先我需要去體會孩子的感覺，因爲思考和感覺是一體的兩面，不要思考也意味著不要感覺某些感覺。

隻身作戰太痛苦難捱，併肩抗戰則輕鬆多了！我用一種活潑的語調引導，讓孩子說更多的話。練習思考，或許對他來說十分苦澀，但並不是不行，孩子需要的是一種情緒上的宣洩，當身體有了較多的感覺時，思考之馬也會漸漸甦醒，開始活動它的筋骨。

如果你的孩子或學生，不願思考，不愛思考，去看看他們背後的故事吧！那裡頭絕對有豐富的訊息引領你認清他們不愛思考的原由，對症再下藥，當他們開始有了想思考的衝動時，一匹思想的野馬也就蓄勢待發，只等它準備好後，一鳴驚人！

4 不要親近

「親近我，再續戀火，親近我，准我，親近多一次，再續那未了緣」，這是郭富城所唱「親近多一次」其中的一小段歌詞，描述的是男孩渴望再次親近女友的心情。現實生活中，我們都有自己渴望親近的人。小孩渴望親近爸媽，戀人渴望親近情人，學生渴望親近老師，教徒渴望親近他所信仰的神。親近就像是馬斯洛筆下「愛與隸屬」的基本需求（註一），因爲我愛你，我想親近你，因爲親近你，我才得以隸屬你。如果有一天，你發現自己無法與別人有身體上的親密接觸，或者是不能與人在情感上親密，那是發生了什麼，導致你封鎖住自己的私密天地，不再與人親近？

一個學生說：「我實在搞不懂我的老爸，爲什麼他都聽不進我講的話，他都以爲他講的才是對，我講的全是錯。」試了兩年，這個學生早就累了，累到不想再回嘴，累到只想保持安靜。但孩子的心卻是沒完沒了的不寧靜，他想大叫，想吼回去，但最後得到一個結論：何必呢，何必傻到去換一頓挨打或冷言冷語，到頭來還是得聽他的！學生似乎找到了一個生存的法則：「就當一個表面上的乖寶

註一 馬斯洛是人本心理學的先驅，是心理學第三勢力的領導人，他所倡議的需求層次論，主張動機是人類生存成長的內在動力，而此內在動力又是由多種不同的需求所組成，由低而高依次是生理需求、安全需求、愛與隸屬需求、尊重需求、知的需求、美的需求、自我實現需求。在此七層需求中，前四層屬基本需求，後三種屬衍生需求。

寶吧！」是什麼原因造成了親子間這麼遙遠的距離？再細細品味孩子的話，我又發現了那句：「大人的事，小孩少管！」

當一個父親用這句話來塘塞小孩了解眞相時，其實恐怕是在親手阻斷親子間親密的心靈接觸！當孩子不了解父親的內心世界，他當然就無法設身處地去爲父親著想，去體會父親的感受。

不要小看了這種了解的重要性，當一個小孩不了解父母的感情，不知道家裡的經濟狀況，不明白家長的心理壓力，他們確實容易提出一些不合理的要求，做出不合宜的事來。但如果他們多知道一些，多點了解爸媽的心情，他們反而會覺得自己有一個責任，他們更願意牽起爸媽的手，一起來打造自己溫暖的家。

一個父親若在自己身上帶著「不要親近」的訊息，他會抗拒小孩走進他的內心世界，他自己對這個世界不信任，連帶也對孩子不信任，他相信與人保持某種距離才是安全的。長久下來，小孩無法親近他，而若這個孩子也接受這種訊息，

那孩子也可能不和別人親近，畢竟連自己最親密的家人都無法親近，那還要如何去相信這個世界？

不過慶幸的是，人是自我決定的，這位學生並沒有做出這樣的抉擇來！當學生發現了一個平行關係：父親要我改變，我也盼望父親改變，這種兩人一樣的頑固因子流在他們的血液裡。孩子笑了，恍然大悟了：「何必呢？如果父親是冥頑不靈，我又何必學這個不良示範！」

如果，你也爲「不要親近」所苦，那就好好檢示這個訊息是來自何處，或許你會發現，再次開啓私密天地之鎖匙，已然存在於你的重新決定裡。看看過去的生命軌跡，尋找加諸「不要親近」的關鍵人物，那麼你離恍然大悟的黎明曙光，必然不遠！

5 出賣身體

「馬來西亞一群中二女學生疑似爲了滿足物質需求，逃課至學校附近的店屋後巷從事不法交易，她們竟然向路人獻價，摸胸五十仙（約臺幣五元），摸下體一零吉（約臺幣十元）！《聯合晚報》報導，據悉，馬國警方曾多次前往士拉央某間國民中學對中二生展開突擊行動，而且還在學生書包中搜獲黃色影片和避孕套，並發現一些逃課的女學生從事不良活動。」這是夜光新聞網站上某日的一則新聞，像這樣的網路新聞，打開電腦螢幕後是處處可見。在現代的社會資訊網路媒體上充斥著色情交易的情形，對還在發育中的青春期孩子，甚或是已經年滿二十歲的成年人，該如何抗拒誘惑，行在光中？

一個個案和我談打工的事：「老師，我眞的也曾想過，去做出賣身體的工作，因爲那樣的錢太好賺了！可是，我還是沒去。」

我用了一些時間和她澄清出賣身體工作之得與失，最後孩子自己決定：不再去想了，因爲太不值得。我知道這是因爲她正被我愛著，所以她的陽光面戰勝了陰暗面，但我也明白我並不會一直陪在她身邊，她需要有足夠的愛，才能保證這輩子她不會被

生活的困境逼到去出賣身體。在愛之下，她才會有足夠的能力保住自己的自尊！所以，我永遠不會知道，她是否有這樣的力量，在這一生都能堅持抗拒誘惑。

在臺灣，確實有不少女孩正從事著這樣的或兼差或當正業，用肉體色相換取她們要的金錢的工作。如果社會價值觀變成是笑貧不笑娼，那她們確實也會很理直氣壯地說：我只是用我的身體在賺錢而已呀！我既不偷也不搶，又有何罪？男人要性，來滿足他們的生理需求，那我們給性，以得到我們要的金錢，我們也只是在滿足我們的心理需求而已！如果女人做這事有罪，那男人不也有罪？

大家也許會很好奇地問：「爲什麼妓女或援交這樣明明在大部分人眼中看來是在做賤自己的工作，這種不被人尊敬或看重的事，爲何還是有如此多人願意赴湯蹈火在所不惜？」從馬斯洛需求層次論的角度來看，確實是可以找到一些端倪。

在馬氏的需求論中，最低一層是生理需求，有的人沒有一技之長，沒有求生存可用的專業，所以他們用最簡便，與生俱來就有的身體（性）來工作，既輕鬆又方便，尤其在青春年華花開繁茂之黃金歲月，不撈一筆更待何時？另一種人爲了安全的需求，也許她有一些不恰當的想法：有錢才有安全感，有錢才會有自尊等，這些錯誤想法使他們無法看重自己的身體，因而出賣了自己。還有一種是爲了愛的需求，簡單說就是小時失落了愛，爲了得到彌補，變相地用身體來換取男人對她的專寵，但這種愛只是一場遊戲一場夢式的愛，等到繁花過境，容貌凋零，沒有男人再來寵愛她時，所有落寞悲傷更會襲上心頭！

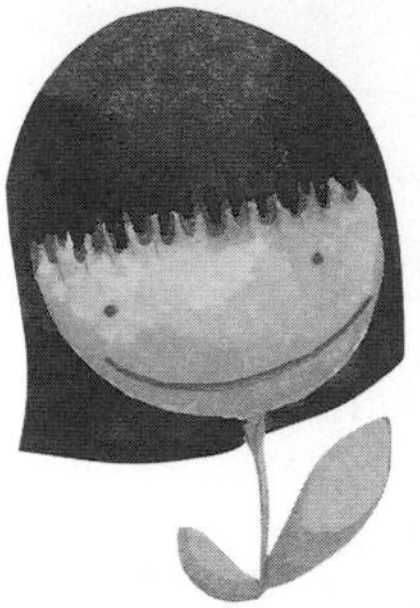

我們常說「法律是道德的最後防線」，但許多事似乎是法律也無法解決。性交易的氾濫使這些女孩的自尊降低了，僅管她們外表或許光鮮亮麗，行走起來或許也如虎生風，但在那心靈角落的一處，她們永遠是抬不起頭來的一族，她們自己內心深深明白——我只是一朵躲在暗室內遭人踐踏以求虛榮的美麗之花！

循規蹈矩也是活著，逾越尺度同樣生存。一種心安理得，光明磊落；一種畏懼膽怯，行在暗中。不論你信或不信，健康開朗的日子，才是眞正的優質生活。

6 犯錯

所謂「一失足成千古恨」，犯錯在我們的傳統教育體系中，似乎是個不可原諒的行爲；然而同樣我們也會聽到「孩子有犯錯的權利」，犯錯在現代教育的觀點中，似乎又變成了一種可以被接受，甚至是非常好的學習過程。當孩子犯錯時，身爲家長的你，要如何糾正孩子的過錯，使他能在錯誤中學習、成長？當學生犯錯時，身爲教師的你，又該如何循循善誘，使孩子知所悔過？人人都有犯錯的可能，如何「知過能改」，成就「善莫大焉」，以教育的角度切入，或許正是每個人心中都該有的「爲學之道」！

又陪了一個孩子一下午，看著他從一開始的自我防衛，說別人都在懷疑他是個小偷，到最後整個情緒崩潰，承認一切是自己做的。我陪著他從最高峰的激動情緒落到最低潮的沮喪裡。

我不是在審問嫌疑犯。這個孩子主動來談偷竊的事，整個過程讓我體會到「是寬容的力量，讓孩子服輸了」。從頭到尾我沒有一句苛責他的話，我只是點頭、傾聽、同理、剖析、澄清，不斷支持他，是這種龐大的寬容之愛，軟化了孩子的心。

孩子是恐懼的，他不斷地抱頭痛哭，想要整個人鑽進地洞的樣子，我看了確實是心疼。但問題是，他不是只要面對我一個人而已，他要面對家人可能的憤怒眼神，甚至是一頓毒打；同學們可能的冷嘲熱諷，甚至是全班的公幹；師長可能

註一 請參見〈心裡成長篇〉的「溝通分析——成人與兒童自我狀態」該則。

的責備語言，甚或對他的看輕。孩子嚇壞了，他幾乎沒有力氣起身離開我的辦公室。

這種退化到幼兒期徬徨無助的模樣，顯現了他的強大害怕。我只能不斷運用我的A（成人自我狀態）註一，來提升個案的A。最後個案同意在我的陪伴下，去寫悔過書，接受校規處置；也同意在我的陪行下，去向全班同學道歉。

當然，故事是沒法子立刻落幕的。我在班上告訴大家：「承認自己犯錯，是需要很大很大的勇氣。人非聖賢，孰能無過，知錯能改，善莫大焉。」一個學生接著說：「放下屠刀，立地成佛！」我看到有些學生的眼眶竟也濕了，這個學生當然是哭著下台的。

下課後，孩子拿了三張紙條給我，我看著心裡有一絲的安慰。畢竟已經有三位同學立刻寫紙條給他，表達出願意再接納他，仍當他是一個好朋友。我相信這種同學立即的伸出援手，必然會

帶給這個孩子許多的精神力量能再繼續走下去！

有人曾說：「愛是一門藝術，而寬容則是愛的精髓。」當我們要去寬容別人時，「思考」會是第一個關鍵。我們能思索「與其讓自己面目可憎，不如選擇寬容」，我們才算是放下了心中的成見，而能用一種無條件的愛，包容對方的錯誤，使自己與那個犯錯的人，都能在眞愛的滋潤下，振奮心靈，充滿源頭活水，擁有再走下去的勇氣與力量。

孩子犯錯，身爲家長或教師，過嚴過寬，其實都會引來問題。最好的作法或許是讓孩子了解到：要爲自己的過錯負起責任。一方面不能完全沒有處分或處分得不痛不癢，但另一方面也請不要拿起鞭子就亂抽，一旦開啓話匣就亂亂罵。畢竟孩子眞正需要的是記取教訓，從錯誤中學習，而他們的心底深處，仍是需要師長們眞誠的關愛與永遠的支持！

7 宣洩

校園裡流傳下來的笑話是：「千萬不要去找輔導老師談話，不然你會一輔就倒！」有時聽到學生們閒話家常的俏皮話，讓我聽了是又想笑又想好好教導他們一番。學生會想到去找老師晤談，通常都是因爲他們的情緒受挫，也許是受到同儕的排擠；也或許是遭到老師不平的對待；或者是因爲家庭不幸福，被父母冷落……理由或許萬千，但共同點都是心有千千結，滿腹委屈不吐露出來，實在痛苦難捱！面對一位位塞滿心情垃圾的孩子，要如何和他們談，才是較恰當的方式？也許有人有技巧萬千，但我覺得不論你道行有多高，技術有多玄妙，都不若在晤談中，能讓個案痛痛快快地宣洩來得更有力量！

曾經老師告訴我們這群學心理輔導的學生：「要判斷一個心理諮商是否優質，最粗淺且最快速的指標就是『個案說話的時間是否超過心理師說話的時間。』」

當然，這絕不是一個精確的指標，但確實有它的判斷依據。心理諮商，重點是個案說了什麼，而不是諮商師說了什麼，要改變的人是個案，要成長的人也是個案，所

以，諮商師的簡述語意、同理、挑戰、摘要、澄清……任何技巧的使用，都不該超過個案的說話時間。

這幾天又接了幾個個案，其中一位令我印象深刻。在五十分鐘的晤談時間裡，他大概說了四十幾分鐘，那種像瀑布一傾全洩的字串，一直灌進我的大腦深處。這次是第二次和他晤談，基本的信任已然建立，他把所有有關他的交友故事全都像招供一樣地攤了開來，我盡力歸納出他的模式，然後回饋給他……他停了下來……停下來思考我說的。像是被閃電擊到，又像是一種當頭棒喝。「對呀！我怎麼沒有想過？」

通常這種頓悟就是刺激個案成長的開端，他回去後會去思考我說的話，即使只是這短短幾分鐘的回饋。情感宣洩完，個案還是得回過頭去思考：什麼才是最適合自己的交友模式？情感、思考、行動，或許他們沒有誰先改變、誰後改變的問題，眞正的重點是：我自己要從哪裡下手，才是最適合自己，也才能眞的開始有所改變。

身爲一位輔導老師，我也曾有過一段辛苦的情感宣洩。那是在我學了溝通分析這門諮商學派多年後，協會督導老師要我們每一位心理輔導人員都去

接受個人的心理諮商與治療。我選擇了台北教師中心翁老師的敘事療法，以「說故事」的方式呈現並創作自己的生命內涵，用撤除漠視面具的健康雙眸，閱覽自己的人生道路，從中尋找意義，並發掘與現實生活問題的關聯。

猶記半年左右的心理諮商中，好幾次自己是哭著下山的，我盡情宣洩了所有童年的痛苦情緒，那哭紅的雙眼彷彿是在說：「活到現在，眞正體會悲傷是什麼，寬恕是什麼，同情是什麼……」我若不能超越悲傷，也只是在徒增生命的感嘆而已！

悲傷會過去，但它慢慢走，緩緩爬上心頭的，是越來越多的放鬆與豁達。情感宣洩，就像是在清除內心的垃圾，有時我們覺得生命窒礙難行，或許正因這種情緒的垃圾堆積太多，以致於我們無法在思想上活絡。

每個人都需要一片純淨的心靈空間，先把自己的情緒垃圾清乾淨了，我們才會有更多的心靈空堂容納孩子與學生的心情垃圾。愛別人前，一定要先愛自己，把自己照顧妥當了，才能用健康的心態撫育他人！

8 期待

一位妻子懷孕了，這對夫妻會說：「好期待看看我們的小寶貝，長的是像爸爸還是像媽媽。」他們共同的盼望，是能生出一位聰明可愛又健康的漂亮寶貝。在懷孕期間，他們就已經開始規劃這個孩子未來的一切所需：教育經費的準備，日常用品的添置，各種好玩、好吃、好用、好看的東西，早就在爸媽的精心設計下胸有成竹地熱烈展開。在這種期盼與祝福聲中誕生的嬰兒，滿載著幸福的樂章。然後隨著孩子的成長，這種期待的熱情卻因著夫妻關係的變質而開始走樣。有的孩子，已經不再期待回家了；有的父母，用一種冷透心扉的眼神宣誓著：孩子，我對你失望了……當人們失去了期待的瞳孔，那希望會在哪裡？

一個學生說：「好討厭回家，因爲爸爸媽媽根本不會和我聊天，他們只會叫我做這做那，只顧忙自己的事，眞不知道他們幹嘛要把我生下來？」另一個學生說：「眞是奇怪，別人都是等著放假回家，我卻是在等收假回學校，家裡根本像個旅館，沒有人可以談心，爸爸又不准我這不准我那……還是待在學校比較好，至少有麻吉可以哈啦哈啦。」「嘿！我的家庭生活困擾好少喲。對呀對呀，我爸媽最疼我了啦，他們會關心我，和我聊天，還帶我去旅行喔。」

同樣是學生，卻有幸與不幸！

♥♥♥　♥♥♥　♥♥♥

孩子們吵著要買耶誕節的禮物。「好呀！那每個人一佰伍拾元以內。」我說。「兩百好不好，求求妳。」女兒央求。週五晚去安親班接孩子下課，六點四十三分到。「媽咪！妳怎麼那麼晚才來呀？」女兒嚷著，一群人看著我。「有嗎？妳不是上英文到六點半，才晚十幾分呀？」「對，可是我已經迫不及待去買禮物了啦！」大家都懂了，這是她今天無法像平常一樣待在那看故事書的原因。小週末的夜晚，有點塞車，可是孩子們雀躍的心，根本不把塞車當一回事，我們在車內談心，女兒說：「喔！不知道兩百元可以買到什麼？好期待喲！」兒子在一旁跟著姊姊瞎猜，幸福洋溢在他們的臉上。

充滿希望與期待的孩子最是可愛！

♥♥♥　♥♥♥　♥♥♥

請學生寫了一份問卷——不可能的任務。「嘿！老師，既然叫不可能的任務，幹嘛還叫我們寫呀？」台下一陣譁笑。「對，與死亡有關的主題，對大家來說都可能是一種不可能的任務。但生死有命，誰又能保證可以一直活到老死？」我顯然有些嚴肅。台下一片安靜，當他們沉靜下來面對死亡主題——寫五年內計畫，寫明天將死今天要做什麼，寫遺囑，寫死亡的儀式要如何進行……忽然發現，許多學生變得沉穩安靜；當然，那些抗拒的學生，就一直聒噪不休，在一動一靜的交錯裡，突顯死亡對人類的意義。接不接受，反應了內在恐懼與坦然兩種不同的心境。

♥♥♥　♥♥♥　♥♥♥

對大多數人來說，我們都是渴望活下來的吧！因爲生命對我們而言，還有數不清的期待在，我們也許期待看到孩子長大，或者是期待一個新的戀情，工作上有新的發展，學到更多智慧，過更美好的生活，玩更新鮮、有趣、刺激的事。期待令每個人充滿動機，想好好活下來。

期待就彷彿是生命的一種原始動力，因爲有了盼望期待，人們才得以用心、用情地努力經營生命。那麼探究心中的那份期待，似乎就變成是一件非常重要的事。拿張紙，拎起筆，屏氣凝息再深呼吸，讓瞳孔再次閃耀光輝，請審慎評估，開始寫下你心中的期待！

9 無條件的愛

「神未曾應許：天色常藍，人生的路途花香常漫；神未曾應許：常晴無雨，常樂無痛苦，常安無慮。神卻應許：生活有力，行路有光，做工得息，試煉得恩助，危難有賴，無限的體諒，不死的愛」這是許多基督徒都熟稔的詩歌，當人們在恐懼、憂傷、苦難之時，很容易就會想到那無條件愛我們的天父。不論你有沒有宗教上的信仰，我相信人們心底都是渴求無條件的被愛，無條件的被溫柔呵護。這種愛像春風的吹拂，也像雨露的滋潤，它讓我們苦難的天空，多了一份靈魂的支撐，使我們能化險爲夷，化苦爲樂，充滿能量向前行。如果，我們也都能給別人這種無條件的愛，這世界將會是一個多大的幸福體！

一早開車入校，下車後才剛跨進大樓門口，一個高三男孩老遠從操場一角跑向我並大喊：「周老師，」我停下腳步回首看他。「嗨！老師早。老師你猜，今天是什麼日子？」「哈！你生日。」我用食指頂著他肚子上的衣服。他兩眼一瞇，

神采飛揚地笑著說：「妳好聰明喲！」「那要買蛋糕慶祝嗎？」「不行耶，我馬上有演出。」「那……就祝你生日快樂！」「我走了喔！」目送這個帥氣男孩離開，我知道這會是他今天收到的一個很棒的安撫。

今天許多班都去參加國慶日的四海同心演出，所以一些沒參與的學生就整天自修。早上第三節，我坐在電腦桌前，看著朋友寄來的一堆資料。突然一個高三女孩靜悄悄走到我身邊。「嗨！老師，妳現在忙嗎？」「不忙，有事嗎？」「我想知道到底要如何抉擇唸哪所學校？」接下來我們交換了彼此的想法，更重要的是下面的這段分享。

「老師，我覺得以前的我好不快樂，只是躲在自己的象牙塔中，看別人都不太順眼，常自怨自嘆，但從我加入地方教會，跟一些大學生在一起後，我變得好快樂，我突然了解到，分享生命才能擴展心靈的領域，那種成長的喜悅，眞的叫我很滿足。」是的，我從她清秀臉蛋上所散發的快樂氣息，讀出她所謂的欣喜。更高興的是，她選擇把這份成長的訊息傳遞給我，讓我一起感染她成長的喜悅。

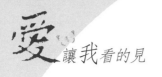

無條件的愛，只是一種眞心地希望對方好，不需因他們表現好或對我有利用價值，我愛他們只是因爲他們身爲一個人，就有被愛的條件。記得有一回上課時，突然雷聲大響，那聲音聽起來像炸彈開花。一個國二女學生被嚇哭了，剛好就坐在我前面，我走上前去抱著她，輕拍她的背，我說：「不用怕，好乖，不怕不怕。」

走回我教課的位置後，我很高興對學生說，大家並沒有取笑這位同學。我說：「每個人對驚嚇的反應不同，這叫個別差異，但有人哭了，我們去安慰她、拍拍她，可以使她感受到溫暖與安全。」這也是一種無條件的愛的表達，我覺得青春期的孩子剛好是不大不小很需要旁人引導的年紀，我那樣做，只是在教他們：愛要表達出來，並且流於自然而非矯柔造作。

在學校裡，常會覺得學生們都像是一個個父母心中的寶貝，偶爾我也會用寶貝來稱呼他們。曾有個學生聽到我叫她寶貝，就說：「哇！好感動，沒人這樣叫我。」她說她雖然有點快起雞皮疙瘩了，但還是很高興我願意這樣叫她。

用愛來編織故事，每天都會是愉悅的。當孩子們能在這種滋養性的愛中成長，他們將會如花兒受到溫煦陽光的照拂般，開出一片地健康璀璨！

10 有條件的愛

香港文學作家張小嫻的愛情金句中，有著這麼一段話：「不要說你無條件地愛一個人，愛，總是有條件的。你可以什麼也不要，但是你要他愛你，這難道不是條件嗎？我們每一個人都是被有條件地愛著，也是有條件地愛著別人。」或許只有我們看不見、摸不著的神，可以無止境地用祂那無條件的愛，眷顧眾生。也或許只有靈性昇華極致的人，可以一直奉獻自己，付出那永遠不求回報的大愛。對於販夫俗子、芸芸眾生，我們只能祈求擁有無條件愛的精神，但落實於生活之中，恐怕大多時候，我們還是讓有條件的愛，主宰著生活的步調。

在每個人成長的經驗中，大多是從無條件的愛開始的。當我們微小柔弱是個小嬰兒時，父母都是呵護不已，疼愛有加。但慢慢地，我們從會爬會坐，會站會走後，父母開始加入條件式的愛。「好乖，不要亂抓地上的玩具吃，那樣容易生病。」如果孩子不聽，爸媽可能就擺個難看的臉色說：「再不乖，就不給你玩具玩了！」做父母的當然會認爲這是爲孩子的健康與安全著想。

當孩子越長越大，無條件的愛逐漸減少，有條件的愛卻大量增加。「把功課寫完，才准去玩！」「上課要認眞聽講，才是乖小孩喔！」「不可以和同學打架，那是壞小孩的行爲！」一大堆的父母訓示，注入了孩子的腦袋。孩子可能開始覺得，我若不照這些長輩的教條命令，他們可能就不會愛我了。孩子開始學習討好大人，照他們說的去做，但這時就發生一種內在的衝突：孩子原本的自我需求和大人的教條訓示未必相符合，於是不同成熟度的孩子就決定出不同的應對策略。

比較理性的孩子會告訴自己，我先達到大人所訂的標準再說，因爲贏得大人的愛，才是最重要的，這確保了自己被愛的機會，同時也會證明：我是好的。於是這類孩子儘可能表現符合大人期待的樣子出來。

比較情緒性的孩子則會說：管他的，我先顧好自己的需求比較重要，或者是他也很想聽命於大人，但他的心理需求老是打敗自己要聽從大人的想法。於是這種小孩就變成大人眼中的不聽話孩子，大人會更用條件來剝削愛的付出，長久下來，這些孩子開始認定：我是不好的，我不值得被愛！

有條件的愛，讓孩子知道自己哪部分做得不夠好，也能確保自己的安全界限，使孩子知所改進。這種條件放在校園之中，就是獎懲制度的建立，好的行爲被肯定，不良行爲則遭拒斥，在清楚明確的條件規範下，孩子學習遵守校規，而能循規蹈矩；無條件的愛，則讓孩子體會到：我的本質就是好的，我不需要無限地去討好大人，這是培養孩子自尊、自愛與自信所不可或缺的重要元素。這種無條件的愛就彷佛是春風化雨，精神大愛的人格感召，不論孩子表現如何，我們都視其爲寶，眞愛以待，孩子在大愛下，耳濡目染，必然深受感動。

身爲一個優質父母或老師，我們需要去思考的是：如何拿捏無條件與有條件的愛。畢竟，我們不能完全寵愛孩子，使他們無所規範；但我們更不能事事要求條件交換，讓孩子變成功利主義下的犧牲品。

11 價值

「價值澄清法，是道德教育教學的方法之一，此法以學生爲主，不強調理想式道德教條的灌輸，而重視現實生活中個人價值觀念的澄清。」這是張春興教授在其《張氏心理學辭典》中，對價值澄清法的一小段定義。我非常

註一 此十七種人生價值是：公平、人道主義、認可、成就、快樂、智慧、誠實、自主、經濟、權力、愛、美感、外表的吸引力、健康、情緒方面的圓滿、知識、宗教信仰。

喜歡這種教學方法，對於半大不小介於成熟與青澀尷尬年紀的青少年而言，與其耳提面命不斷地教導老一輩的思想價值，不如讓他們自己思考，自己去選擇判斷對他們有益又有利的價值，經過討論澄清後所選擇出來的價值，才能形成「是我的決定，我要爲自己的決定負責」這樣的態度，而這種經過深思熟慮後所留下來的價值，才有可能變成人生的方向盤，爲孩子的生命導航！

筆者對七年級後段班的學生做了一次價值澄清的活動，在一共十七個不同的價值中（註一），孩子們最後選擇出的前三名分別是：快樂、經濟與愛。

「快樂」幾乎是大多數孩子的渴求。我知道追求快樂是好事，但這種快樂卻不能建築在別人的痛苦上。如果一個學生上課翹著二郎腿，吃著零嘴，不寫作業，拼命聊天講話……他很快樂呀，可是上他課的老師可能會很痛苦喔！又譬如婚後有不少的人，常覺得他們的婚姻已經乏善可陳了，於是他們也想找些樂子來玩玩，不管是結交新朋友，認識新的國家地方，培養新的興趣嗜好，他們也追求快樂呀，但請切記：你的快樂請千萬不要建築在你的伴侶與小孩的痛苦上！當我們的學生把快樂視爲人生最重要的指標時，身爲教師的你我絕對有責任要讓他們了解：建立在尊重自己與尊重別人基礎下的快樂，才是一種眞正的快樂！

至於經濟，現在的孩子物質享受慣了，確實難以忍受沒錢的生活。他們會想方法賺錢，有些孩子的確也接受了「笑貧不笑娼」這樣的價值觀，你想改變他們的價值體系，那恐怕要從小時候的教育著手。從小就要讓他們了解物質享受的意義，不是茶來伸手飯來張口，要玩具有玩具、要新衣有新衣，而是讓他們體會付出與獲得之間是有一些關聯的，新未必好，愛惜物品珍惜使用，讓惜物觀念趁小建立，才不會在長大後爲了追求物慾不惜一切！當然，錢非萬能，有錢未必能買到眞愛，既然現代孩子也在乎愛，那在愛與金錢之間，剛好又是一個價值澄清的大好機會！

眞愛對大多數人來說，是最美也最令人動容。眞愛讓我們學到眞誠待人，無私地付出，包容他人弱點，不算計別人，就像愛的眞諦這首歌裡說的：愛是恆久忍耐又有恩慈，愛是不忌妒，不自誇，不張狂…

：我覺得眞愛的本質或許要叫做多元，因爲我們都不會只愛一個人，我們可以愛你，愛他，愛許許多多我們珍惜的人事物。既然愛是如此多元豐富，滋潤別人也光亮自己，我們何樂不爲？

快樂、經濟、愛，再加上一個「健康」吧！如果沒有健康的身體做後盾，我們就無法享用這一切的美好；而若缺乏健康的心靈做平衡，這片快樂多金，洋溢愛意的天堂，恐怕也只會成爲愛面子族們虛榮的假象。

價值引導著生活的格調與品味，如果你也想過一個優質的人生，那就請暫停一下你那忙碌的腳步，在沉思冥想的片刻休憩裡，好好澄清在這接下來的日子中，你要過一個怎樣的價值生活？

12 乾媽

在精神分析治療學派中，有這麼一種說法：若個案將他在潛意識中壓抑的情感問題，轉移至分析師身上，就稱爲「移情作用」。個案投射的是愛意，名爲「正移情作用」；投射的是恨意，則名爲「負移情作用」。以普通人的眼光來解讀，這種移情作用換個方式說就是：我們把自己的情感移到外物身上去了，這個外物可以是人，例如寡婦把對先生的愛，全部移轉到了孩子身上；它也可以是物品或環境，例如有時我們心裡很歡喜，就覺得大地山河都在揚眉歡笑。移情作用似乎是個極普遍的經驗，它讓我們的情感，得到更多、更廣的抒發管道，若能在教育上妥善運用，則會有異想不到的效果！

家庭環境診斷測驗，是用來作爲評量孩子們家庭環境的一個心理測驗工具，這兩週替學生施測，他們一堆問題——大多是缺爹缺娘的孩子提出疑問，問的題目當然都是與爸媽有關。測驗結果本在想像之中，但現在單親家庭不少，分數普遍有低落的狀況。不管是靜態的向度——家庭一般狀況、子女教育設施、家庭文化狀況，或是動態向度——家庭一般氣氛、子女教育關心度，似乎都不盡理想。

印象深刻的是，有個女學生，其五個分數的百分等級全落在二十以下，被列在「差」的領域內，當她換算完看到成績時，忽然眼眶紅潤，我剛好走到她身

旁（她坐在最後一個位置），我看了她的側面圖就對她說：「喔！好慘，沒關係，我充當一下乾媽好了，來，讓乾媽抱一下。」我用手拍拍她的肩膀，給了她一個溫暖的擁抱，這學生正是我幾週前才談過的個案，所以我很清楚她的家庭狀況。

其實我說乾媽，只是一種同情，因爲我知道她很欠缺父母之愛。沒想到一週過後，我走在校園的長廊盡頭，她忽然跑過來叫我「乾媽」，我先是吃了一驚，馬上很坦然地對她笑笑，然後我主動引導她說了一些有的沒的，主要都是在談一些她的近況，原來她正在戶外上課休息中，她開心地說著她的事兒。

我想我心裡是有一份疼惜在，她讓我想起國中時期的我，我也曾有一個乾媽呢，雖然不是眞的乾媽，但就是喜歡看到這位女老師，剛好我又是她教的科目的小老師，所以更有一種親切感。這在心理學裡就叫情感轉移，孩子把某種對父母的感情投射到了另一個人的身上。對於這位學生這樣叫我，我當然得小心處理，否則不用多時，我會失去輔導教師的專業角色而變成是一群可憐孩子的乾媽。

諮商忌諱的是雙重關係，還好我並不需要做到眞正的心理諮商，輔導的專業又是另一種層次，介在教育與心理諮商之間，我因沉浸在其中良久，漸漸抓出了它的竅門。簡單來說，在班上上課時，我是一個團體輔導的領導者，透過課程設計，讓學生在活動中學習認識自己、他人與這個世界，此時，我可以化身爲心靈導航的教師。在晤談室中，我又變成是一位助人者，透過各種諮商技術與輔導人員應具備的專業態度，此時我又幻化成一名心靈捕手，協助來晤談的孩子剖析自我，重建自信。

乾媽，往好處發揮，可以形成一種有力的心理支持，透過「乾媽」的象徵意義，學生更願貼心和我交談，但需注意的是，這種情感轉移的使用，需要有穩固的信任為根基，如此才能讓學生在無後顧之憂的情況下，尋找出他自己的出路。

13 鼓勵

俗話說：「良言一句三冬暖，惡語傷人六月寒。」每個人活在世上，都喜歡聽好聽的話，聽能鼓舞自己、振奮人心的話。然而現在有不少當父母的，做老師的，並不見得會說這樣的話。最常聽到就是這句：「我說這些，還不都是為了你好！」殊不知，人是需要相互尊重的，即使面對的是後生晚輩，也要尊重他們的自尊與人格。如果長輩只是用權威來迫使孩子就範，那就會形成口服心不服的狀態，孩子也許表面服從你，背後卻開口大罵你，這樣的矛盾景觀，確實是時有所聞。帶兵要帶心，教育孩子何嘗不也是如此？

善用鼓勵話語，將能發揮事半功倍之效！

一個學生問我，家庭動態向度成績低落怎麼辦？這位學生靜態分數還不錯，但動態成績則落在差的領域裡。詢問之下才知這位學生的爸爸已經失業一年多了，媽媽等於是獨自在撫養三個孩子，經濟的壓力使母親無暇關心孩子的教育狀況，父母顯然是失和的，最近父親又離家了……孩子說到此，眼眶紅起。我安慰她，然後解釋動態成績低落雖是不幸之事，但慶幸的是孩子自己肯上進，這次考試還考全班第一名，我大大地突顯這個矛盾之處，讓她看到：即使父母無暇關心，她仍可立志向上，不受環境影響，自己做自己生命的主人。

孩子的眼睛突然變亮，之前的愁眉不見了，微笑在她的臉上泛開，她高興地說：「對呀！我和姊姊私下有在比成績喔！」我說這樣很好，手足之間能互相良性競爭，相互關心彼此，正好彌補了家長不能照顧到的部分。她開心地離開了我，帶著我的溫暖鼓勵，我知道這些溫柔話語，正是她目前最需要的精神糧食。

鼓勵之語，在某種程度而言，其實也是激勵孩子樂觀看事情的方法。猶記在我小學四年級時，發生了一件令我畢生難忘的事，事情是這樣的：有一天我們在教室寫功課，導師並不在場，我隔壁的男同學因橡皮擦掉到地上，他便彎下腰去撿，但我並不知他彎腰是爲了要撿東西，我只感覺他是要偷看我的內褲，於是當他抬起頭來時，我非常生氣地揍了他一拳。沒想到，這拳打的太重，他矇起眼一直哭，同學都嚇到了，立刻去通報老師，後來導師也沒多問事情的經過，或許是她也嚇壞了，那個被我打的男生，眼球突出，好可怕，整顆眼睛腫了起來，接著被送去了醫院。

記得那時，我被老師帶到辦公室罰跪，我頓時覺得好丟臉，我三哥騎著腳踏車回家通知我爸，後來爸爸來了，他看到我的第一句話是：「妳好勇敢，竟然敢打男生！」而他做的第一件事，是給了我十元做爲獎賞，他說：「我以有這麼個勇敢的女兒爲榮！」當然他也同樣給了那個男孩十元，誇他很有勇氣，敢於接受這天外飛來的一拳。那時的我，忽然變得好開心，甚至有份驕傲，如果導師給我的是羞愧之感，那我父親便是那個幫我擋掉羞愧，並用鼓勵之手將我高舉推上樂觀青天的人。

現在每當我看到有些教師習慣性地批評學生時，我都會想到這位老師的過去，

大概也是被批評出來的，所以他不知道如何用鼓勵的方法來教化學生，但他爲何不想：這些自己都不愛的方法，何必再用到學生身上呢？

己所欲，施於人，如果我們自己也喜歡被讚美、被鼓勵、被肯定，所有這些正面的感覺，我們何不也用在別人身上？鼓勵別人，別人歡喜，自己也能因感染歡喜而內心充滿喜悅！

14 瘋狗亂叫

青少年階段常被形容是一個人生中的狂飆期，許多生理、心理的變化，讓他們常不知所措。就生理而言，身體快速的成長、性器官的成熟，使他們意識到自己已不再是個孩童，這些外貌上的衝擊，使他們產生不少震憾與困惑。就心理發展而言，他們已不再能用孩童的方式去接觸世界和處理事情，自我領域的擴展，使他們一方面要掙脫舊有的束縛，學做大人學做自己，另一方面卻又放不下對親情的需要。這種種的激盪，使青少年常常表現出衝動、情緒不穩、叛逆、愛批評、沒禮貌、忽冷忽熱，因而同儕相處上也狀況頻出，身爲長輩的我們，該如何來化解他們的人際困擾呢？

孩子們常會抱怨：「爲什麼別人要那樣說我，我又沒那樣。就算有，我改了，他們還是一樣那樣對我呀！眞煩！」通常碰到這種來談人際困擾的學生，我一定會先聽他們把事情抱怨一遍，我不但聽他有講的部分，也去挖他沒講出來的地方，之所以這樣做，是要衡量並評估學生的成人自我狀態到底是在哪個程度。個案有清楚的自我覺察能力嗎？還是他只是自我中心，完全感受不到別人爲何會對他厭煩。

當然確實是有這樣的學生存在——他們的好惡太強烈，是非黑白不願去分清楚，明明別人已經改善了，但他們仍固守成見，好像找個人來當出氣筒是一件很好玩的事似的。碰到這種狀況，我就會問個案：「如果一隻瘋狗對著你亂叫，你會怎麼做？」個案當然是說「不理牠呀！」沒錯，如果我發現問題已經不是出在個案身上，而是同學的好惡太誇張，我就會請個案思考，是否要當他們是

瘋狗。

我會對個案說：「你會把別人的錯一直加在自己的頭上嗎？」孩子考慮之後會說：「不會。」但問題是，孩子是活在團體中，即使孩子懂了不必理會那些對他亂叫的瘋狗，但他還是得學會和這些討厭他的人共處，這就叫「磨練」，孩子需學著去接納那些討厭自己的人，這便是眞正人際關係的學習。

我有一個朋友，她說她教女兒如何對付那些討厭她的人：「今天我開店，一樣會碰到令我厭惡的客人，可是我不可能因爲討厭她，就不替她服務，這就是現實人生，但換個角度想，這就叫人際關係。」要別人喜歡自己，那就得自己先喜歡別人，當然孩子也許會覺得不屑，「他都討厭我了，我幹嘛還要喜歡他！」沒錯，這也就是人際關係最難的一關。

有的孩子會同意採納這種「先接納別人」的觀點，但有的卻不會。如果孩子不採納，我們需用另一種方法來探究孩子的思想與感受，畢竟長輩所提出的任何一種觀點，都只是我們的看法而已，眞正要關心的是孩子他自己的想法，也只有孩子能決定要用怎樣的方式來面對他的人際關係。

「瘋狗」他們也許是抱持著我好你不好的態度過活，所以毫不客氣地指責你所犯過的任何錯誤。我們雖然無需討好所有的人，但當瘋狗的人數太多，面對這種艱困的人際環境，我們仍得樂觀地告訴孩子：「我不入地獄，誰入地獄？」「天將降大任於斯人也，必先苦其心志。」抱著這種樂觀迎戰的心情，我們才可能有轉敗爲勝的契機，也才較有籌碼走過所謂的青春狂飆期。

15 樂觀

網路上曾流傳一則「樂觀與悲觀定律」的笑話：「樂觀者發明了游艇，悲觀者發明了救生圈；樂觀者建造了高樓，悲觀者生產了救火栓；樂觀者都去做了玩命的賽車手，悲觀者卻穿起了白大褂當了醫生；最後樂觀者發射了宇宙飛船，悲觀者則開辦了保險公司。」這則笑話透露出樂觀者的富於進取，向生命深奧處挑戰的氣質，因爲抱著人生不免一死的寬宏氣度，所以常能超越生死，讓生命充滿驚奇與歡樂的期待。每一個人活在世上，與其憂心忡忡地煩惱生老病死，不如用樂觀的心境過活，死既不可免，生時就多裝些快樂，讓行囊掛滿喜悅，如此揮手之際，才能遇見輕盈！

一個國二學生在課本上寫著：「什麼樣的心情與問題，就找不同的朋友，每個朋友就像是一本本寫著不同意義的活寶庫。但理所當然的，每個朋友也有著不一樣的缺點，我們需用自己的智慧去想出相處的方式。與朋友的保鮮方式就是，隨時看到他們身上的優點，發自內心地欣賞他們，這樣一來，就能夠營造雙贏的友誼，也會使生活更加精彩有趣！」

哇！不得不佩服這個孩子的智慧，小小年紀就能領悟出這樣的道理來。心理學家曾做研究發現，「樂觀的人心理較健康，也較長壽。」就像這位學生寫的，把焦點放在別人的優點上，這就是一種快樂的思維模式。我們都知道眞正的現實是：沒有人是完美無缺的。但我們用樂觀的眼睛去看朋友，去體驗生命，那殘缺破敗之處，也就無法影響我們快樂的心境了。

有一個個案說：「活在這裡很虛僞，你無法表現眞正的自己，只能討好大家以求生存。」我說：「老師了解你的心情，這樣雙面做人，確實很累，甚至令自己厭惡。」但同理過後，我會帶著孩子再用另一種樂觀的眼睛來看同樣一件事，這時孩子忽然懂了似地說：「對呀，這樣想心情就舒坦多了。」

人們是否接受樂觀的思維模式，一個關鍵點是：內心的心理地位是否調整到

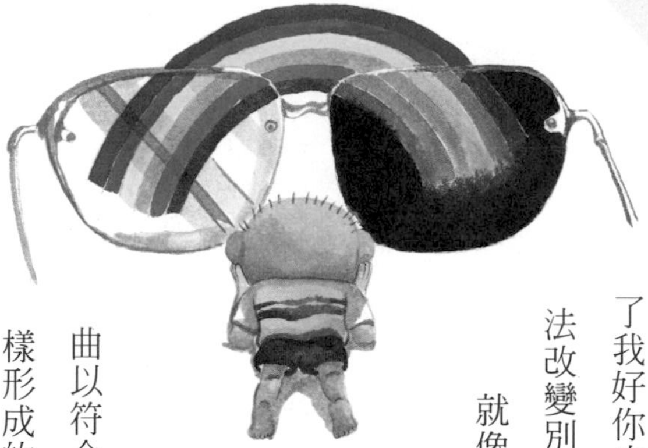

了我好你也好。如果沒有，強迫、說服、說教、規勸……我們其實是無法改變別人成爲我們要的那種樂觀。

就像一位孩子抱怨道：「做了測驗又如何？（他指的是「行爲困擾量表」）我知道了我的困擾在哪，可是那又怎樣，知道了也不能解決問題呀！」如果他的心理地位是抱著「我不好你不好，這個世界不太妙。」這時任憑我說破了嘴絞盡了腦汁，也是無法用我那三寸不爛之舌改變他的想法。當他的心理地位不做調整，就像是戴了一副墨鏡，一切都變得扭曲以符合他的黑暗假設，因此首要之道，是去探究這種心理地位是怎樣形成的，爲何他對自己充滿敵意，連帶也對這個世界不太友善？

人是自覺的動物，人也是可以理性思考的動物，人之所以無法自覺，無法表現理性，進而無法呈現「我好你也好」的心理地位，是因爲在成長的過程中缺少無條件的愛的滋潤，所以人格發展早已遭受扭曲。改善這種狀況，我們除了需要與孩子深度晤談外，確實也需要一顆樂觀處世的心靈。

學會樂觀，也讓孩子充滿樂觀，這樣才是爲自己也爲孩子創造出一條雙贏的生活道路！

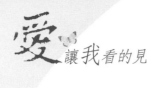

16 自殺

這是個充滿壓力的時代，巨觀裡的政治、經濟、教育、家庭，微觀中的交友、健康、情感、工作，一個不留神，壓力指數就攀升上來。高壓力、高自殺率，觸目驚心的悲劇新聞三不五時就在電視中輪番上演。孩子說：「我不想活了！」這句話出自一個朝陽般燦爛的容顏之口時，對生命是多大的一個諷刺！年輕正是人生最精彩的黃金階段，還未好好展翅高飛，就想做折翼天使了結生命，這裡頭究竟是發生了什麼，使孩子不再眷戀這美麗多彩的人生？不論你是誰，基於人道主義、人性光輝，當有人發出自殺警訊時，我們都責無旁貸該伸出援手，做那根別人溺水時的救命浮木！

「老師，我們最喜歡的學長跳樓了……」

「眞的假的？」

「眞的啦！跳下來了……可是沒死，聽說還在加護病房！」

「老師，我們需要心理輔導，他是我們最愛的學長耶！」

天哪！一早上課聽到這麼勁爆的消息，心情馬上沉了下來。

「爲什麼選擇跳樓？」

「不知道……可能是家庭因素吧！」

♥♥♥ ♥♥♥ ♥♥♥

幾乎每一個個案來我這，都有一堆說不完的家庭狀況。

有的孩子一生下來，爸媽就離婚了。

有的孩子一下住媽媽那，一下又住爸爸那。

有的孩子更糟，一會住姨媽家，一會又住舅媽家，再來又去阿姨家。

有的孩子沒娘，就跟他那獨斷的老爸住。

有的孩子沒爹，苦伶母女相依爲命，最後母親又自殺，孩子成了浮萍。

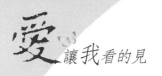

有的孩子爸媽離和沒離沒兩樣，三天兩頭吵個不停。

這就是爲何我需要一台錄音機的原因，因爲光聽這些孩子的「自傳」，就已經把我的小腦袋瓜搞得暈頭轉向，分不清誰該扣上哪一個故事，才能名實相符。

♥♥♥　♥♥♥　♥♥♥

選擇自殺，那豈不是在說：「活著太苦，撐不下去了，所以乾脆自我了斷。」用「大道理」來告訴這些想自殺的孩子，老實說，左耳進右耳出的居多。孩子想死，也許是缺少愛的關懷，也許是自我強度太弱，也或許是太追求完美，或者苦悶無處宣洩、長期鬱卒、有志難伸、缺少同伴支持、自己太鑽牛角尖……

碰到自傷或有自殺意念的孩子來找我談，我會當下評估自傷（自殺）的程度在哪，以建立保護措施，讓孩子還存著活下來較好的希望。而可怕的是，那些根本不來談的孩子，才是讓我們防不勝防的地方。

「聽說學長跳樓前，就將他的財產分送別人了。」

「那爲什麼沒人來知會老師？」

空氣忽然凝凍起來，沒有學生回答這個問題，顯然，大家對危機意識的了解太匱乏，當一個人決心要死之前，幾乎都會有一些跡象可循，而分送財產就是其一。

事情已經發生，承受最大痛苦的，恐怕還是自殺未遂者本身，及他的家人吧！我們只能盡力安撫其他學生，宣導生命教育，珍惜自己，從別人的經驗中得到血淋淋的教訓，我們也需對全體教師叮嚀，多注意學生的細微生活狀況。

但是，我多麼盼望每一位身爲家長的你，關心你的孩子，也關心你自己，讓家庭發揮最好的教養功能，這才是眞正能減少青少年自殺事件的根本之道！

17 急性發作

韓愈〈師說〉中的名言：「師者，所以傳道、授業、解惑也。」當古代教師站在講台上，他所要做的工作，十之八九離不開韓愈的這句話。但是，以現代的教育角度觀之，老師的價值觀未必符合學生的需求，老師也不太可能解決學生的所有疑難雜症。現代教師不只要面臨「傳道、授業、解惑」，更大的挑戰或許是如何在價值紛亂的世界中，爲學生指點迷津，培養他們自我判斷的能力；如何在壓力指數節節高漲的時代，強化人格的自我強度，讓孩子們能以健全之身心，走過人生中數也數不清的壓力。以下短文，描繪的是一個急性發作的案例，藉此呈現出現代教師所要面臨的教育挑戰，是更深、更廣、也更爲複雜！

有一晚去上一個國三班的課，還沒走進教室，就被兩個女學生攔截在外。「老師，今天我們自修好不好？」「好呀！今天本來就是讓你們自修呀！」（隔天期末考）「老師……那我們就自修喔！」「對呀！自修！我們進教室吧！」「可是……」這兩個女學生支支吾吾了半天，不讓我進去。「嗨！是發生了什麼事嗎？你們好像有心事！」「老師，我們班有一個同學發作了，妳不要進去好不好？」原來是一個女同學，不知怎地，突然歇斯底里般地又哭又叫，聽學生說，只要有男同學或老師進教室，她就會發作起來。

我問：「那男同學現在在哪？」「他們都在操場上打籃球。」這兩個女生一直央求我不要進去，我想了想說：「我進去看一下下就好，總要讓我看一下那位同學的狀況嘛！」我進了教室，看到一群女生圍在那個女孩身邊，女孩一直哭，我只說：「那今天自修吧！」那女孩還真的又開始發作了，她的話語裡帶著寒顫、緊張、焦慮，女同學用手比著要我安靜地離開，我走出教室，思索著該如何處理才好。

我先到操場，找到那一群男生，詢問他們是否知道原因。有人說是家庭因素，有人說是壓力太大，又有人說可能跟男生平常不太理她有關。我想了想，這節既然是今天的最後一節，我還是先不要去刺激她，根據以往經驗，一個孩子急性發作時，讓她遠離刺激物，往往能使她暫時平靜下來。更何況孩子還要面對明天的期末考，我決定先不刺激她。

於是我讓男同學繼續在操場上打球，我則走去訓導處知會當夜的值班輔導員，只是請她側面注意該生，除非發生狀況，否則就是保持觀察與警覺。我又跑回班上外面，剛好一個女同學出來，她問我要如何處理才好。我詢問說：「她有自傷傾向嗎？」同學說有一點，但只是嘴巴說說，沒有實際行動。我交代她，晚上大家要輪流看著她，若有狀況要立即通知輔導員。

第二天我到校時，從其同班同學那知道了該生的狀況，看來她昨晚回宿舍後，情緒就穩定下來了，這時我才安下心。孩子急性發作，固然有其原因，但當下詢問孩子本身，未必是解決問題的方法，有時反而適得其反。保持關心，不給壓力，藉由同儕關懷的力量，學生反倒能走出難關，等事過境遷，孩子心情平靜了，再來邀請她做晤談，或許她也才能用較客觀的立場解讀自己當初發作的狀況。

輔導專業在使用時，是需要經過個案自己的同意，這種介入才容易發揮效用，否則很容易就變成了變相的心靈侵害。當然，如果一個人的行爲，已經威脅到自己與他人的生命，強制介入，也就變得情有可原或說合情合理！

18 小圈圈

不同年齡層擁有不同的次文化，青少年階段的次文化，最常聽到的或許可以名之爲「搞小圈圈」，它可以是一種地盤的劃分，也可以是一種身分的標記，一旦你被畫在圈圈之外，那接下來的悲情——遭排斥、被諷刺、或怒罵、或嘲笑……所有令人不堪的負面攻擊，就會在你的不經意之間，排山倒海而來，想躲想逃都插翅難飛！挫折累積著，煎熬成習慣，如果無法長期抗戰，轉學也就成爲這些遭排擠孩子的最後出路。圈圈文化，考驗著每一位身受苦難的學生的抗壓性；圈圈文化，也同樣磨練著每一個班上有苦難兒的導師的智慧與能力！

一位朋友說他的女兒在小學參加演講或畫畫比賽時，都能得到名次，但升上國中後，班上同學就搞小團體，因此即使是老師肯定的優秀人才，也不能代表班上去參賽，做家長的他自然是爲女兒打抱不平，也就更加懷疑起所謂的「校園民主」在哪了。

國中生愛搞小圈圈，在我任教的班級也是屢見不鮮。那些被排擠的孩子，絕對都是痛苦難捱。有一次上完晚課，一位國三女孩留下來和我聊天，從她的自剖心聲中，我們可以窺見國中生那種無奈又苦悶的心情。

這位國三女孩描述，她以前因爲家裡蠻有錢的，所以來到我們學校後就有點高傲，但後來被大家公幹，她難過死了，那種絕望的感覺甚至令她很想自殺。但後來她努力改變調整自己，她告訴我：「再次被同學接納的感覺，眞是刻骨銘心！」她還提到班上有另一名同學，比她更慘，遭到全班公幹，大家沒事就罵她、污辱她、搞小動作整她……這個被公幹的女生，也是走過一段人生的低潮期，但後來她走出了陰影。走出來的原因每個人或許不同，但多數都是自己的堅強居大，老師的安慰協助反而不多。

和我分享的國三女孩提到，她眞的覺得國中生的腦袋不知在裝些什麼，那些現在回首起來很慘忍的事，在那時卻覺得做起來好過癮！我說：「這就叫成長。」

如果以前是一隻醜陋不堪，被人瞧不起的毛毛蟲，那幾經掙扎，像暴風雨中不畏艱難的海燕，最後還是可以突破侷囿自己的繭，羽化成一隻美麗的蝴蝶。」

孩子在學校搞小圈圈，一方面是他們的人格未臻成熟，所以他們在心態上抱著「我好你不好」這樣的心理地位，但另一方面他們其實也正是利用這種小圈圈的次文化，來找到自己的社會認同。如果孩子被小圈圈排擠，我們固然需要安撫這顆受創的心靈，但我們更需要去了解，這圈圈文化的起源在哪？誰是圈圈文化的角頭老大？找出問題的癥結再來化解，才有可能消除椎心之痛！

面對心智不夠成熟的青少年，只能給予他們持續的鼓勵與關懷，如果說有些孩子的人格已遭多年的扭曲，那我們也得給他們同樣的時間再回復到出生時的那種美善！冰凍三尺非一日之寒，改變孩子需要的是等待的耐心，「給孩子時間開竅」，那些閉鎖又自以爲是的心靈，就會在愛心春風的吹拂下，敞開起它的窗門。

禪裡有謂：「菩提本無樹，明鏡亦非台，本來無一物，何處惹塵埃。」既然心本是清，爲何長大了就不清了呢？環境影響一個人甚深，所以用好的環境再次栽培孩子，孩子還是可以還他本來的一片清心。也只有用無條件的寬容之愛對待孩子，這些小圈圈文化才得以被征服、被解散！

19 挫折

有一位聰明的哲學家曾說過這樣的話：「一旦遇上挫折，我會試著從挫折中泰然地走過去；萬一走不過去，我就試著從挫折底下鑽過去；如果鑽不過去，我就想從挫折上跳過去；如果還跳不過去，我便索性把挫折敲破了再穿過去。」挫折對於每個人，都像是上蒼所賜予的恩典，從出生的哭啼開始，挫折便揭開了人生的序幕。挫折考驗著人們的智慧，人們也自挫折中提昇智慧。挫折情緒需要適度宣洩，才不致釀成挫敗情感的無限累積。如果以海棉比喻爲人，那挫敗情緒的累積就會像一道牆，阻礙人們吸收與運用智慧。心靈導師的重要工程，是瓦解這道牆，讓海棉充滿柔軟，生命才能展現它的彈性之美！

今晚的這一堂課，著實令我難忘。我看見一張張憤怒、傷心的臉孔，這些生命的畫像，烙印在我腦海中，久久不能揮去。

這是一堂訴說自己生命跌倒故事的分享課，我用蒟蒻條誘導孩子們發言。從開始的一兩位，到後來的欲罷不能，孩子們用最大的勇氣，訴說這些哀傷、生氣的故事。

一個孩子描述他小時在安親班，如何被老師虐待的事情，他幾乎是用咆哮的聲音，大罵那個老師混蛋！

另一個孩子分享的是老師責備的眼神，像電一樣的穿刺她的心，直到今日，她都還隱隱約約感到那一股害怕的電流。

大多數的孩子說的是學習過程裡的挫敗，問他們如何走過這些挫折，才發現原來多數的孩子，都像個孤獨的旅人，只能自己塡平傷口，靠自己原本的生存意志，勇敢而堅強地承受這些苦難，繼續未完成的人生之旅。

或許這些經驗教會了他們忍耐，也或許是教會了他們討好，無論如何，這些傷痛一旦說出，生命好像就無形中得到解放與安慰，難怪曾有孩子說：好希望能有兩節這種課！

這時我才明白，那些願意主動來和我約談的孩子，他們是需要提起多大的勇氣才能跨進學輔中心的大門。也正因他們開始正視自己的問題，所謂的輔導療效才有可能成就出來。而我，不過只是個心情的垃圾桶，他們自己才是決定生命厚度的主人！

腦海中晃過兩個來晤談學生的面孔，同樣是唏噓落淚，但在我安慰澄清的話裡，我看到他們找到希望時的那種靈動雙眸，那是多耀眼明亮的迷人眼睛，從他們的臉龐，閃爍的淚光中，我讀出了愛、盼望與深情。

抱著一個落淚的孩子，因她有太多太多的離情依依，我告訴她：離別正是人生的重要課題之一，而時間與規劃，才能完成離別的程序。莫讓離別成爲未來的遺憾，所以要用心離別，用情離別，不逃避不害怕，才是解決離別之本。

用心諦聽另一個男孩的心情故事，他用顫抖憤怒的聲音訴說小時被父母虐待的事情，他不明白爲何有這樣的父母，用可怕駭人的酷刑，對待自己的骨肉。這位學生把所有的難過、生氣隱藏起來，直到有一天承受不住，再用一個「憂鬱傾向」的帽子，扣在自己頭上，也扣在父母的身上，像是一種對父母的懲罰，也像是一種宣告：我再也受不了這些痛苦的挫折了！老師、醫生，請來救救我！

因爲傾聽，我讀到人性裡最脆弱無助的聲音。

因爲關愛，我陪伴他們也陪伴自己一起長大。

有人說：堅持是度過挫折的不二法門。而我也正用這份堅持，讓愛延伸，讓生命活出它本來的清純美善。

20 挫折攻擊假說

社會心理學家談人的攻擊行爲，有一種假說是：攻擊乃是個體遭受挫折所引起的。雖然這種以挫折解釋所有人類的攻擊行爲，有「以管窺天」之嫌，但挫折的確是引起攻擊的一個可能原因。更確切地說，挫折產生可以引發多種不同反應的激動狀態，其中一種反應就是攻擊。當一個人遭受挫折時，如果外在環境或個人內在思維中，有適宜的攻擊線索出現，那此人表現外顯攻擊行爲的可能性就會提高，然而這種攻擊又會引發另一波的挫折，挫折再導致攻擊，如此的連動關係不絕，成爲人類戰爭史上的悲劇。化解之道，「以德報怨」，寬容是解決挫折與攻擊的不二法門。

最近上了一班國一的課，一進教室，就發現整個教室的氣氛不對，男女學生對罵，聲音是高低起伏不定。我先是要他們停止對罵，好好上課，然後解釋當天的課程內容——評分，我把之前做好的海報貼在黑板上，上面都是他們各組的作品，我要他們一組一組上台打分數。

整個過程，他們是一邊打分數，一邊打罵爭吵個不停，教室鬧哄哄的，我只是好言規勸，但他們把我的話全當作耳邊風，對抗怒罵的情緒絲毫不減，追趕跑跳碰，哇！好不熱鬧。眞懷疑我是在教課，還是在打仗！

分數評完後，我要他們拿出課本，好進行下一個活動，但他們依舊吵鬧不休，我只好板起面孔說：「你們今天太誇張了，一點上課的氣氛都沒有！」有的孩子還是一股熱地講個不停，我的教師尊嚴一再受到挑釁。我知道我心裡有一股挫折的感覺誕生了，有些同學看到我的臉色變了就大叫：「不要再吵了啦，老師要生氣了！」但依舊有少根筋的孩子，嘴巴像水籠頭，一開就關不住，只能讓水直直流。

我有些火大了，用嚴肅的口吻說：「既然你們不愛上課，那我們就提早下課，但我會去詢問教官，看要如何處理你們的狀況！」我知道我正處在一種挫折之後的攻擊狀態中，雖然我並沒有打任何人，也沒有罵任何學生，但用「教官」這字眼來威脅學生，就是一種攻擊行爲的表現。

我確實去找了教官，但我心裡明白：我並不眞正討厭這些孩子，更精確說，我覺得那些會安慰我，會來求饒的孩子眞棒，値得我好好獎賞一番！想到這裡，我的整顆心就平靜下來了。挫折導致攻擊，如果我只是用「記警告」去攻擊學生，那麼也只是讓孩子們遭受另一種挫折而已，他們可能也會反過來攻擊我，例如變得更不愛上課，那我何不利用這個機會，好好獎賞那些有羞恥之心，懂得察言觀色的孩子，這樣其他同學也會學到「尊重別人」的具體作法！

於是我決定做一個改變，在下次上課時，我要買些小禮物獎賞那幾位會察言觀色的孩子，也順便訂一個新的規則：記名字在黑板上，以此提醒那些正在逾越界限的孩子，如果被記了三次，就不能再給寬容，孩子們要自己承擔起犯錯的責任，接受校規處置。

我想一個人在挫折時，確實很難在當下把心理地位調整到「我好你也好」的狀態，但在挫折過後，我們還是要回歸到常態，用良好、成熟的成人自我應對生活，這樣挫折攻擊才不會延續不絕，而這種把挫折情緒昇華的表現，正是對成人自我的一大挑戰。馬斯洛說：「心若改變，你的態度跟著改變。」挫折過後，我依舊要熱情不減，我要讓孩子們看到：良師益友也會有所情緒，但我愛孩子們的心情，並不會因挫折而有所停擺！

天才老媽篇

沒有人是天生的親職教育專家，對於育有兩位稚齡孩子的我來說，生活點滴中所發生的大小故事，本身就是最美好親職教育的題材。在臺灣師大「教育心理與輔導」學系的陶冶下，我學到這三方面不同的知識與技術，剛好運用在教養孩子與夫妻相處上，頗有一些心得。在此野人獻曝，自我揭露，希望能做到拋磚引玉，讓讀者了解一位稱職父母的前提，是需要知識技術做引導，才能靈活運用成親職教育的智慧。

〈天才老媽篇〉紀錄著我與孩子、外子的生活點滴，孩子是故事的主角，父母則是配角，因爲快樂童年必然以孩子爲中心，父母則是主角背後最有力的心靈支持者。盼讀者在欣賞閱讀之餘，也能找到您自己的親職教育法則，爲孩子的快樂童年，增添美麗色彩。

21 誠實

誠實是一種美德，至少大部分的人都喜歡和誠實的人交往。反觀今日的社會，卻充滿各種負面的示範，例如官員貪污、政客說謊、考試作弊、電話詐騙等等，曾聽人說：「教導孩子誠實，會不會反而讓他以後在社會上吃虧？」也曾在書上讀過這麼一段話：「誠實是一種生活的方式，一種讓自己心安理得的方法；在應對各種事情時，誠實也是上策。」顯然誠實是書中記載的固有傳統美德，但遇上今日的民風不古，社會亂象叢生之際，此種美好的生活態度也要做某些修正與調整，才得以在亂世之中重新顯現出它的存在價值！

在我家，誠實是非常重要的人格教育。

有一天，我那五歲半大的兒子彈鋼琴，明明沒彈完，他卻說他彈完了，我告訴他，說謊要扣十顆蘋果，他沉默不語。那時我正在煮菜，我停下手邊的工作，走到他身旁說：「媽媽不喜歡會說謊的小孩，所以請你把它彈完。」後來兒子不太高興地彈完了，我說：「如果你不想被扣十顆蘋果，就要跟我說一百個對不起。」剛開始兒子還很高興跑到我面前，我不許他笑，要他站好對我說「對不起」，因我的嚴肅表情，使他不得不嚴肅起來。說完一百個對不起後，我問他，知不知道爲何要說對不起（我開始做澄清），他說因爲他說謊。我再問：「爲何說謊要說對不起」，他答：「因爲不乖。」「那爲何說謊不乖？」……他站了好久，答不出來，但他問：「如果我答出來了，就可以不用扣蘋果嗎？」我說：「對！」

他眞的想了蠻久，就是回答不出來，我就開始提供資訊。我把他所熟悉的「放羊的孩子」的故事說了一遍，最後他終於懂了「說謊會造成別人無法相信他」，那懂的一瞬間，我看到了他那豁然開朗的表情！

誠實，對發展中的孩子來說，確實是重要的。但有一個問題是，這個世界並非全然依「誠實原則」運作。曾有朋友問我一個問題，她說她很注重小孩的誠實教育，但有一次，她女兒對老師撒了一個謊，使我這位朋友變得蠻矛盾。一方面覺得說謊不對，但另一方面又覺得

女兒說的那個謊完全無傷大雅，這時她問我，要如何教她那位國三的女兒呢？

這使我想起了一位啓智班老師的話：「我們不但要教小孩誠實，還要教小孩說謊，因爲有些時候，誠實反而會害死自己，例如要教小孩在電話上說家裡有大人在，即使明明沒有大人在家；陌生人問路，自己要視狀況騙說媽媽就在那裡，而實際上那不過是個路人阿姨。」

彈性，或許是一條更重要的生存法則。這種區辨對成人來說，十分簡單。但小孩實在蠻單純的，在是非尚未分化好之際，先教會誠實，才再教說謊，並且要能區分爲何誠實，又爲何說謊，這還眞是一門重要的親職教育工作。

說謊，有時是爲了自己的生存，有時則是爲了自己的需求與方便，只要不會傷害到自己與別人的權益，我想是可行也是非常需要的。

22 談心

曾有一個國二學生和我晤談時，提過這麼一段發人深省的話：「我覺得我爸媽根本不愛我，雖然在物質上，我是富足的，但他們從不和我談心，我感覺我的心靈早已枯萎，現在他們又憑什麼再來干涉我的思想和生活！」談心，是對孩子們表現愛的一種方式；談心，也是溝通彼此觀念，讓心靈親近的一種方法。面對不同年齡層的孩子，我們需要用不同的方式談心。你正在和孩子談心嗎？你懂得如何和孩子談心嗎？以下短文是我與孩子們談心的方法，也許能給予你一絲靈感，開啓談心的溝通之鎖！

最近孩子們愛上了「親子談心時間」，這個名詞是經過大家腦力激盪想出來的。話說前一陣子，女兒的表姊、表哥來家做客，他們回去之後，我那寶貝女兒竟然捨不得的哭了好久，怎麼哄都沒有用，索性我就躺在她身旁，陪她聊天，還沒聊到十分鐘，她就不哭了，我們大概聊了近四十多分鐘吧。

這幾天，女兒說：「好喜歡媽媽陪我們聊天唷！」於是我乾脆在說故事時間後（這是我家每晚睡前的例行公事），再加一個聊天時間。我們命名它爲——親子談心時間，談的方法是：一人問另一人問題。女兒問我在學校工作的情形，我說了一些，女兒突然抱住我說：「哇！妳一定是一位很好的老師！」她聽著都快哭出來了，還眞有感情，我只是說了一丁點我在輔導學生的例子而已。換我問兒子以前在幼稚園的得意

失意事，兒子也問女兒在小學的一些事情，這樣一圈後，我們對彼此有了更深一層的了解。

這種感覺確實美好，在分享的過程裡，孩子們可以學到傾聽別人、發問技巧，更重要的是我可以趁機教導一些觀念，眞是一舉數得。

有一天，兒子、女兒問我，做什麼職業最賺錢？我知道現在的孩子，往往是向錢看的，因爲他們從孩提時代起，就領略了金錢的妙用，於是當天晚上的親子時間，我就藉機和孩子們談「人生的快樂」，我以孩子們熟悉的鋼琴老師爲例談起。

鋼琴老師、演奏家、指揮家，賺的錢有差，但所承受的壓力也各異。我問孩子：「你們覺得誰最快樂？誰賺的最多？」孩子們當然是回答不出來的，這時我就開始說故事，我以孩子們先後走過的兩位個別班鋼琴老師爲例，說明職業、金錢與快樂間的關聯性。我讓孩子看到，這兩位老師雖然都以教鋼琴爲業（賺錢），但她們卻都有自己人生的理想──一位參與教會裡的交響樂團，做許多慈善義演，將音樂帶給更多的人們，也藉音樂撫慰許多受傷的心靈。另一位則把教鋼琴當作

是培育人才，所以在收費上較優惠，只要是她心中的可造之材，她都很願意栽培，即使小虧也無所謂。這兩位老師都因實現了自己人生的價值，而從工作中得到滿足與快樂。

最後我們得到一個結論是：不論以何為業，只要是適合自己的個性，又能發揮專才，實現自己的理想，都是最快樂的事！

和幼兒、兒童談心，我覺得可以多教導一些正確的觀念，讓好的概念在他們心中發芽成長；面對青少年，則可以多傾聽、同理、支持，提供意見而不強迫他們照單全收，激勵他們獨立思考，但也修正那些不夠周嚴成熟之處。

好的談心，拉近了彼此心靈的距離。切莫用談心之名，行壓迫、說教、嘮叨之實，這樣不但無法讓心靈交流，反而會造成更大的嫌隙。只有父母心態先擺正確了，再來和孩子談心，那如魚得水具樂融融之境，才會眞正如在目前！

23 特色

這是個強調自我特色的時代，追求自我意識，表現自我主張，「只要我喜歡，有什麼不可以！」在不傷害自己與他人的前提下，大方展現自我色彩，充份表達出生命的創意與活力。「家庭特色」，或許也可以在這樣的文化意識流裡，活出它多樣的風貌與媚力。你是否想過讓自己的家庭充滿不一樣的文化氣息？或是讓家中滿載歡笑洋溢愛？還是你已被太多的俗事纏身，太大的經濟壓力壓得自己喘不過氣？且放慢步伐，隨著本文「特色」起舞，也許你也能活絡起長久以來平靜無奇的家庭生命。

家裡有一個白板，當初買來是爲了讓孩子們在上面塗鴨作畫的，後來變成了學習板，輾轉又成了獎懲板，最近又多了一個功能——留言板。

有一天晚上我寫著：「九點半，老公還沒回到家，老婆很想念你。」女兒看了就加寫：「還有玉婷寶貝。」兒子說：「我也要在上面。」於是又多了兒子的名字。老公回家看到了，就用注音寫著：「謝謝大家的關心！」我知道這種愛的交流在家庭經營中是非常重要的，孩子們在這裡學到愛是需要表達出來。

家裡的第二個特色是「搞笑」，常常由我自己搞起，類似小丑秀，用不同的聲調、肢體動作，編一個小短劇隨興表演，面對稚齡兒童，其實這種演出很容易就逗得他們開懷大笑。有時我們笑到在地上打滾，眼淚直直落下來，笑到孩子們說：「媽媽，妳不要再發瘋了！」但他們還會加上一句：「偶爾發瘋一下，也是不錯的喔！」

第三個大特色是「床邊故事」。有一次講「音樂」，在講到某一頁時，我突然有一種說不出來的震撼，那是在講到有關交響樂隊的演奏排列圖，我向兒子介紹完這頁時問他：「這裡有好多種樂器喔！你最想要演奏哪一種呀？」兒子說：「我想當指揮家，指揮所有的音樂家！」——兒子一直望著那個書上的指揮家，我猜他的腦海中恐怕是充滿了敬佩、幻想、把玩各種樂器的那些快樂憧憬了，有夢想的孩子最是可愛，透過故事的啓迪，孩子已然成爲夢想的心靈捕手。

「約會」，是我家的另一大特色，也是維繫彼此情感的重要法寶。有一次中午，老公約我去吃午餐，我們在一家咖啡廳用簡餐，老公有事沒事就一直深情地看著我，餐後我們又去植物園散步，那裡的荷花開了滿池，處處是蟲鳴鳥叫，花香撲鼻，一片綠海，輕風拂來，整個人好像回到初談戀情的記憶裡，老公說：「每個月都該有這樣的親密時光！」

除了和老公約會，我也會和孩子們約會。有一次和兒子到陽明山的青春嶺一遊，我告訴他，這是媽咪和他的約會，他很高興，彷彿是得到了一個專寵的機會。

青春嶺並不高，四百個階梯走一回下來約一個多鐘頭的時間，上山可觀小瀑布，下山則是一條綠蔭交錯的森林小徑，有農田在右種滿不知名蔬果，忽有獵鷹當空盤旋，黑鳥高鳴一聲，我與兒子不約而同駐足凝望，發出讚賞之聲。志摩有言：「你要認識一個人的靈魂，你得要有與他單獨相處的機會。」我們與大自然共舞，確實領略了上蒼的恩典。

家庭特色，突顯出家的溫暖與歡樂；家庭特色，也隨著孩子的長人，而要不斷地推陳出新。我深信：以愛爲中心的家庭環境，必然可以培養出樂觀開朗的健康小孩！

24 陪伴

一位即將離校的高三女孩，在畢業前夕找我聊天，她說的感傷話，引人警醒。她說：「老師，我覺得做人眞的很辛苦，也太累了，這些年我幾乎是獨自一人撐過來的，家人甚少陪伴我，更別說是在心理上支持我。」像這樣的悲憤之語，偶爾就會從畢業班學生的嘴巴脫口說出。缺少家人陪伴長大的小孩，他也許會把世界解讀成：我要非常堅強才有可能活下來，人們是不可信任的，所以也不用去尋找協助，那只會徒增自己被人瞧不起的悲情。但當現實生活所有的壓力都指向自己的時候，一股不想活的念頭就會蠢蠢欲動。

——陪伴孩子，支持孩子，從小做起，這或許才是減少孩子長大後萌生「我不想活了」的念頭之重要預防方法。

女兒生活考了一百分，她很高興，因爲全班只有兩個人考了滿分。她說：「我希望國語、數學都可以考滿分。」我說：「那就多檢查幾遍吧！」

在安親班裡，女兒是老師眼中的模範生，因爲她自動自發，功課認眞寫，評量會主動去做，還會請老師出題考她。女兒說：「我太愛考試了！」

說起教育孩子，我是花了不少心力。常常有人羨慕我家那兩個寶貝的聰明與乖巧，可是我是費了不少功夫在上面。家裡的套書教具不少，我常會親自教他們，在他們三歲半時，我都陪他們去上山葉教室的團體音樂課，一坐就是兩個小時的陪上課，後來還讓他們去學舞蹈、韻律體操、律動、美術，這一路我都是陪伴相隨，並且樂在其中。

我眞的覺得和孩子一起成長，是件快樂的事。記得有一次在放學回家的路上，我開著車，孩子們坐在後座，女兒突然開口說：「媽，我覺得我們好幸福！」我問她爲什麼，她說：「因爲妳常常跟我們在一起，對我們好好，爬山還可以得到小禮物！」我會心一笑，知道這的確是她很深的感觸。

爬山，本來是我家週末的例行公事，但有一陣子，山上突然湧現了很多毛毛蟲，有的在地上爬，有的掛在蜘蛛網線倒吊下來，走路時一不小心可能就會碰到，女兒是嚇得花容失色，兒子反而覺得好玩，拼命叫：「哇！哇！又有一隻喔！」嚇得女兒都不敢爬山了。後來我想了一個方法，就是用小禮物來鼓勵她。

孩子們總是喜歡被鼓勵的，經過再次上山，毛毛蟲不見了，蝴蝶也失蹤了，取而代之的是無盡的蟬鳴，但當女兒拿起自己因勇敢而得來的「小棉羊」時，那種榮譽與溫暖的感覺，恐怕比沒事買禮物送她更令她珍惜。

陪伴孩子、支持孩子、鼓勵孩子，這些愛的能量蓄積起來，就會成爲他們將來遭受挫折失意時的重要精神安慰。請不要吝嗇投資時間在孩子身上，這些寶貴的過程絕對能成爲未來甜蜜的回憶。而一個孩子一旦充滿著愛的精神能量在心中，那麼他將來成爲問題兒童、偏差青少年、扭曲成人的可能性也就大大降低。一舉數得之事，我們何樂不爲？請多多陪伴自己的孩子吧！

25 說故事比賽（一）

大陸賞識教育研究所所長周弘先生曾言：「教育應把目標直指幸福和諧，與幸福有約的人必然與成功有緣。」每個孩子在求學的過程中，面對著各式各樣的比賽，難免要承受失敗與成功兩種不同的滋味。成功了固然可喜，失敗了其實也同樣可賀，因爲從教育的角度看失敗，就變成「我不足，所以要見賢思齊」，更進一步則是「別人成功，我要爲他人的勝利喝采」。能把心境調整到不論誰贏，都是一件幸福快樂的事，這樣胸懷「你好我好」心態的孩子，未來自然容易有和諧快樂與成功的人生。

對小學一年級的孩子來說，說故事比賽是充滿著刺激與趣味的一種競賽。話說女兒第一次參加說故事比賽時，她是全班最早準備的，女兒的導師爲了選出最佳人選，也爲了讓孩子們練習上台的機會，在班上就先行舉辦了三次的比賽。女兒從最棒變成第三，因爲是全班投票表決的，女兒只差一票，導師爲難到不知該派誰去比，就請隔壁班導師也來聽。哇！這三個學生還沒去比就已經說了四遍了，最後導師還是尊重班上的表決，女兒自然未能參賽。我花了不少時間爲她做心理建設，當然連導師我也要安慰一下，因爲她在聯絡簿上說她很難過。女兒沒能參賽，我們還是去慶祝了一番，一方面是恭喜她不用再戰戰兢兢了，另一方面也是肯定她爲了比賽所付出的努力。

在女兒說故事比賽第三次班上表決的那天，我剛好

到她學校附近的牙科洗牙，洗完十一點多，我就想不管她有沒有被選上參賽，我都要為她喝采。於是我跑去買了一個棉羊枕頭和小蛋糕，準備給她驚喜。

放學時，我在校門口等了好久，安親班老師也陪我在那裡等，後來人都散光了，再等了十多分鐘，女兒終於蹣跚來遲，她一見到我就說：「輸了！」我就把禮物給她說：「沒有關係，盡力就好。」女兒開心地看著禮物，那剛好是她渴望許久的小枕頭，可以在安親班裡抱抱睡。

告別女兒，我去了一家素食店用午餐，忽然有一種哀傷掠過我的心頭，我就開始忍不住掉眼淚——腦海中浮現的是小時候的我，那個不管得了什麼比賽獎狀卻沒有媽媽在身旁為我道賀的我，那個失意受挫都只能自己 肩承受的我，眼淚落盡，我當然知道了我的小孩好幸福，因為他們不必走我這一條艱困的成長之路。

任何比賽，似乎多了父母的關心與鼓勵，孩子就算跌倒也不用害怕，在父母溫柔的話語裡失敗的難過自能平復，而若有幸得勝了更添喜悅，父母可以一同分享那份成功的滋味。

孩子參賽，父母是最好的啦啦隊長，給孩子信心，使他有勇氣面對挑戰；給孩子希望，讓他越挫越勇，不怕再次參賽；更重要是，教會孩子欣賞別人的成功，爲同學的勝利鼓掌。

「我好你也好」落實於生活之中，就是要懂得欣賞自己，也能欣賞他人，自己失敗別人成功，一樣可以從中分享到勝利的歡樂，並且要向成功者學習，讓自己改善弱點在下次參賽時能變得更好。

「幸福和諧、盼望成功」的生命態度，或許才是我們教育孩子的最好目標。

26 說故事比賽（二）

每個人的生命，都像是一部精彩絕倫的經典小說。在這部小說裡，有平凡不足爲奇的生活瑣事，當然也交替著高潮迭起扣人心弦的情節穿插其中。說故事的人，講的也許是某種虛幻人生下刻意突顯的人生哲理，但說故事者本身所經驗到的生命，卻是最鮮明最具體也最能引發聽者交感互動的生命印象。我手寫我心，我心寫故事，故事裡有你、有我、有他，我們的影子穿梭在其間，也穿梭在每一個讀者的心靈殿堂裡。故事可以是人生的眞實記錄，故事也像是你我交會時互放光亮的一朵雲彩。乘著這片想像之雲，我們一起來聽、共同來讀故事吧！

在女兒就讀的小學裡，低年級唯一的國語文競賽就是說故事。女兒一年級時，未能代表班上參加比賽，升上二年級後，她依舊早早就準備好了第二次的參賽故事——「多多的便當」。這是描述一個機器人女孩多多，進入某個班級，搶走了另一位原本考試都考第一名女同學的故事。這位女同學從一開始就排擠多多，揭發多多的底細（機器人），到後來發現上學好無趣，少了多多與之競爭，讀書沒味，連同學也對她不太理睬，到最後她鼓起勇氣去拜訪多多、接納多多，她才真正讓自己心中的大石頭放下。

在女兒要去參加班上決賽的前一晚，我要她再講一遍給我聽。她講了幾句後，我打斷她，並告訴她「缺少活潑感」，我說：「如果妳不能把自己融入故事中，那所講出來的故事就很難真正打動別人。」女兒擺起了難看的臉，眼淚就要奪眶而出。這當然不是她第一次掉眼淚，後來我索性說：「如果不能用心練，媽媽就不用再訓練妳了！」

我上了床，說完床邊故事，關上大燈，開起小夜燈。我躺在床上對著這兩個寶貝，說起了我小時候的故事。

小時我家很窮，那時爸爸就訂了一個規則——任何比賽，只要有得前三名，就頒發獎金。在那個物資匱乏的年代，我們沒有所謂的零用錢，所以得名對我來說無疑是一個大大的誘惑。有任何比賽，只要我有能力參加，我一定會全力以赴，我不需要老師叮嚀，更不用爸媽督促，自己就會私下練習很多遍，會想盡辦法爭取到那所謂的前三名，或許這就叫「苦其心志」。因爲太窮了，反而激勵我力爭上游，以贏得我夢寐以求的獎金。

我對孩子們說，任何一個人，當他表現出積極進取，好勝之心，那麼指導他的老師，一定也會盡心盡力來助他一臂之力；但如果一個人表現的是懶散消極，心不在焉，那麼別人也不願意多下功夫在他身上。

所以，人是自我決定的。你決定要得到前三名，這想法就會在體內竄動，而化成一股龐大的心理能量，它不但引導自己往前三名走，也會影響別人來提攜你、幫助你！我告訴孩子，想要取得代表班上參賽的機會，自己就要有這個心，不然我的訓練只會變成是一個苦難與壓力而已。

第二天孩子上學時，我又再次交代：「一切要自己多用心喔！比賽加油。」女兒點點頭，而我就等著晚上她回家時，告訴我比賽的點滴。

27 說故事比賽（三）

黎巴嫩詩人紀伯倫有一首詩：「你的孩子並不是你的孩子，他們是生命之火的兒女；他們透過你來到人世，卻不是你的化身，他們整天和你生活在一起，但並不屬於你。」這首詩充分展現出每個人的獨特性，正因每個人是如此獨立完整，不隸屬於任何人，所以父母在教育子女時，也要保持孩子們天生的獨特風格。人人都在學習「做自己」，在這條追尋自我的過程中，大家難免都會犯錯。父母犯錯，向孩子道歉，是一種重要的教育示範，從錯中學，從跌倒中再次認清方向，這將是珍貴的生命教育，也是凝聚父母與孩子心靈最寶貴的成長經驗！

上完晚課回到家，一進門，就看到女兒走出來迎接我，我問她：「天才寶貝，妳今天有沒有開心的事要和媽咪分享呀？」她羞赧地說：「媽，我取得了代表班上參加說故事比賽的機會了！」我高興地抱著她說：「哇！我昨天晚上就知道妳一定會贏的，妳知道爲什麼昨晚我不讓妳練完嗎？因爲我覺得我不需要製造第二個周翠紅，我只需要妳做妳自己，有妳自己說故事的風格就好。」這時兒子在一旁加油添醋地說：「對呀，做自己才對嘛！」我又再對她說：「其實妳只要用心去說，妳就能激發出自己的潛在能力，而把故事說到打動別人！」女兒說：「班上有人說我講得眞好耶！」她開心地笑著，像一朵輕鬆自在的雲，整個人好像就要飛了起來。

後來我們有更深刻的心靈對話。她在床上對我說：「媽，妳記不記得有一次，我要睡覺時，我趴在枕頭上……」她沒說完，我抱著她說：「我知道，妳在哭，小寶貝，對不起，我知道我在對妳做訓練時太嚴格了，我那樣不斷挑剔妳的弱點，要妳改進，妳一定非常非常的難過……但妳很勇敢，妳還是能繼續練完，那時我就知道，妳一定會成功的，因爲妳不怕吃苦呀！」我一直抱著她，她好像瞬間得到了我的諒解，感情的閘門打開了，後來的整個晚上，我都感覺到她的快樂，連我在講床邊故事時，她都翩然起舞，在一旁樂不可支。

欣賞孩子的優點，並盡力擴大它，這是我從這次的說故事比賽中得到的更深一層認識。努力未必成功，但不斷激賞孩子的好，她一定就會變得更好，過去我雖然也很用心教育她，卻一直沒抓到最棒的訣竅，現在我懂了，我不必讓孩子從痛苦中學習，雖然她每次練習，我最後都一定是誇讚她講得比上一次更棒了，但過程中的挑剔，恐怕早已傷害到了她的脆弱自尊與自信，現在我知道我要讓孩子從快樂中學習，即便她講得不夠好，我仍要先大大讚美一番，再說如果能做點小改變，就會更棒！這樣不是讓孩子從勝利走向勝利，快樂加倍，自信也更加倍嗎？看著這兩個孩子極力要表現自己的美好——連兒子也吵著要講故事給我聽，因爲他也要在幼稚園說故事給大家聽，他要我多多指導他。我忽然明白了：每個人都是天才，當我們眞正認定自己是天才時，這股對自己的信任力量，就會讓我們的美夢成眞！

28 說故事比賽（四）

教育是一門藝術，也是一項需要不斷運用思考力、創造力去激發新點子的教學活動。沒有人是天生的親職教育專家，我們或許可以從所謂的教育專家那兒學到各種不同的理論與技術，但眞正教會我們孩子是非善惡的區辨、情緒管理的能力、價值判斷的選擇……一切孩子生命人格的形塑過程裡，到頭來影響最大的還是我們父母自身所傳遞給孩子的訊息，以及父母自己所展示的行爲教育——身教言教同時並重，透過不斷地自我反省，我相信父母本身就是最完美的親職教育代言人！

一早送孩子們上學，女兒就說今天的說故事比賽，讓她覺得好害怕。我告訴她，如果妳一上台，表現的是害羞的樣子，那評審老師就先扣兩分；如果妳上台表現得落落大方、充滿自信，那老師們則會立刻先加兩分，這就叫印象分數。女兒很訝異地問我：「眞的嗎？」我說：「對，因爲我也當過評審呀！」女兒像吃了一顆定心丸，不再對我訴說她的害怕。

傍晚十分下了班，我去安親班接孩子放學，一路上我就思考一個問題：如果女兒贏了，我當然可以輕而易舉地和她分享這個快樂；但如果她輸了，我還是要用一片好心情和她分享這個失敗。

果然見到女兒時，她的第一句就是：「媽媽，我今天沒有被選上！」我說：「沒有關係，國父革命十一次才成功，所以沒贏，是一點關係也沒的。」女兒說她很傷心，當她聽到優勝名單中沒有她時，都快哭了出來，我想了一下，就跟她說起我以前的故事。

我以前是田徑校隊，但我我代表學校參加校際比賽，卻從來都沒得過名，但是我還是很高興，因爲我的身體鍛練得很好，也很健康，到現在都還是保持著運動的習慣，有一些人看到我生了兩個孩子，還能有如此好的身材，會問我是如何做到的，我就把功勞歸給運動的習慣。所以有沒有得名實在不太重要，重要的是自己自其中得到了眞正的快樂與自信，並自其中培養了良好的習慣，這才是終生受用的法寶。

走出安親班，來到小公園後，女兒就開心地玩了起來，那雙明亮的眼眸，令我振奮，我知道我的安慰起了一些功效。後來去吃晚餐，我更抓住這個難得的機會，做了一次重要的情緒管理教育。我對女兒說：「我覺得妳一定會成爲一個偉大的人，一位能成就大事的人！」

女兒不解，她問我爲什麼。我說：「妳看，今天妳雖然失敗了，但妳一樣能保持開朗的心情，這就是一種情緒管理的能力，這世上有很多成功的人，他們也都具備了像妳這樣的特質。」

女兒眼睛更雪亮了，但她說：「我覺得妳也很會管理情緒，那妳是一位偉人嗎？」我腦袋一轉就說：「我當然是呀！妳看，我寫文章投給出版社，出版社就願意幫我出書，這就是我偉大的地方。」女兒果然更爲開心，原本的一點愁雲瞬間煙消雲散。當然我心裡可明白的很，我離那世俗所謂的「偉人」是相差甚遠的，但我在那當下若不能親身示範自信，我又如何讓女兒從失敗中找到自信的感覺？於是我那一丁點的自傲，展示出來也只是爲了要讓她明白：偉大的人就是能常保一顆快樂的心，並且把一個小優點無限放大，自信的感覺於焉產生。

把失敗當成小事一件，不怕失敗的感覺，而一樣能保持對自己的欣賞與信任，這樣所培養出來的自信，才是眞金不怕火煉的自信。看到女兒依舊身心舒

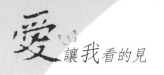

展，靈性躍動，我就相信：她的未來必然充滿著無限的希望！

29 機會教育

「最好的教材從孩子的眼睛裡面去尋找」——這是大陸著名教育家陶行知先生所提出的觀點，他更進一步認爲「生活即教育」。父母每天和孩子生活在一起，當孩子眼睛滿佈憂傷時，父母是否知曉那抑鬱寡歡的神情，代表著什麼？當孩子眼光炯炯有神、閃閃發亮之際，又是象徵著何種意義？父母有時得像個偵探家，隨時要觀察探究孩子的各種表情，以及表情底下所蘊藏的內涵；父母大多時候更需像個教育大師，爲孩子的喜怒哀懼琢磨澄清——讓喜事飛揚，帶出生命律動，讓哀事一躍騰空，如陽光之照拂，烏雲趕緊消失匿蹤。「生活即教育」，生命裡每天發生的大小事件，都是最好的機會教育，當你願意捕捉住孩子的每一個生動表情，並加以探勘研究，「教育高手」就將成爲你的另一個代名詞。

女兒一年級時，在她期末考的第一天，國語考了九十八分，我去安親班接她，她一見我就嘟著小嘴說：「妳猜我今天考幾分？」我看一看她那表情，知道絕不會是一百分，我就猜九十幾分，她說九十八，然後她的臉色頓時變得難看起來。

我們一起走到小公園，兒子跑去溜滑梯，女兒坐在木馬椅上輕輕搖晃著，她不說一句話，然後掉出了眼淚。我走過去安慰她，我先是拍拍抱抱她，跟她說沒有關係，今天考差了，明天再加油！她仍是哭，豆大眼淚一直滑落出來。

我知道她求好心切，但這挫折其實剛好也是一個大好的教育機會，我開始說故事，我把王永慶先生的故事提出來，以此說明人的成功，絕不是只看成績而已。再來我又舉了一個朋友小孩的例子，我說小一小二的成績，往往測出的是細心度，並不見得是眞正的潛在能力，小三以後，甚至是上了國中，才能慢慢看出眞正的實力，我那朋友小孩在小學階段都是第一名，但後來升高中也沒考上第一志願。

女兒聽我這樣說，不掉淚了，但心情還是低沉的很。我就再講一個故事，我舉高中我打排球的例子給她聽，我說排球比賽，一定要連贏兩場才算贏，如果第一場輸了，並不代表眞的輸，只要保持好心情，再接再厲，一樣有贏的機會。但如果第一場輸了，就自暴自棄，心情惡劣，那第二場必輸無疑，所以第一天考差，沒有關係，保持好心情，再考數學時更細心些，還是可以再贏回來呀！

聽到這兒，女兒的心情才開始變好，她大口大口地吃起飯來，晚上也自動上床睡覺，果然第二天，她考了一百分。同樣去安親班接她，這回她一見我就眉開眼笑地說：「妳猜我今天考幾分？」這還用猜嗎，我就說一百分！她快樂地抱著我，享受勝利的喜悅。

機會教育，對成長中的孩子實在太重要了，父母的即時澄清鼓勵，往往能立即化解孩子心中的烏雲，使他們有新的能量面對生命中層出不窮的挑戰。身爲父母，爲孩子解惑，絕對是責無旁貸！

30 教導

俗話說：「龍生龍，鳳生鳳，老鼠的兒子會打洞。」在某種程度上，孩子就像是父母的翻版。生長在家庭暴力陰影下的小孩，他將來成爲施暴者的可能性也會大大提高。一位國一女孩在課本上寫著：「我未來想建立的家與現在所處的家沒有什麼不同，因爲我覺得家裡只要有家規，如果小孩不做，那我一定會用打的方式。」這個女孩正是家暴者的受害者，每個人固然是自我決定的，但在生命的發展史上，幼兒童年所受的親職教育，絕對影響個人至深且遠，爲人父母者與其讓孩子未來人格扭曲了，再來做心理諮商與治療，不如從小就給孩子良好的親職教育，讓孩子在健全溫暖的環境下成長，這才是眞正疼愛自己小孩的具體表現。

有一天帶著孩子去吃晚餐，隔壁桌的小女孩因爲不吃某樣菜，她媽媽就生氣地說：「我只是要妳吃一口而已呀，妳給我吃下去！」那小女孩反抗著，說她一口也不想吃，那東西難吃死了。媽媽板著生氣的臉，小女孩退縮在一旁，也擺著一個難看的臉。後來不知怎地，小女孩沒坐好，一屁股跌落地上，那個媽媽就更生氣地叫囂責罵她的女兒：「妳到底在幹什麼，帶妳出來眞是要把我氣死！」

後來她們吃完飯，母親去櫃台付帳，還是那張可怕的臉孔，我的女兒低著頭，小聲地對我說：「媽，我覺得媽媽可以分三種耶：一種是用打的、一種是用罵的、另一種則用教的。妳就是用教的，我覺得我們好幸福喔！」

女兒曾對我說過她同學的爸媽，打起架來就是鞋子亂飛——哇！他們的小孩不都嚇壞了。女兒說：「你們好像都不會這樣，你們都是用講的。」古人有言：「君子動口，小人動手。」我不覺得我們有權利去對別人的身體施予責打，如果小孩從爸媽那裡學到肢體暴力，那父母又要如何去教他的孩子不可以打同學打弟妹？身教勝於言教，做父母的一定要了解這個道理。

後來女兒吃飯，飯粒又掉了一堆在桌上，我就說：「嗯！或許妳要想一下，爲何飯粒老是會掉在碗外了。」我幫她把飯粒用衛生紙包起來，她再吃下一口飯時，就發現原來眼睛要看著碗，才不會把飯粒掉在外

面。她學會了，我告訴她：「其實只要多用一點心思，就可以減少錯誤的發生。」我看到女兒在會心一笑，不知道她是否是因多了自己的思考，使她戰勝了先前的錯誤，所以她才開心地笑著。

在鼓勵與寬容中長大的孩子，絕對充滿自信，因爲他知道犯錯並不可怕，只要多用腦子想一下，下次就會做得更好。女兒升上小二後，小考偶爾就考不到一百分，再仔細看她錯的題目，我發現常常都是粗心才錯的，譬如漏看或抄錯數字，針對這個現象，我就和她談「細心」這個主題。

我的重點在教她，細心也是一種能力，也許大家的語言智慧或邏輯—數學智慧都差不多，但考出來的成績卻不同，原因也許是出在彼此的細心度不一樣，我說明了在考試時，可以如何檢查考卷。我說如果拿著筆，一題一題的對下來看，因爲有筆指著題號，漏看的機率就降低了，有筆指著數字，在做數學應用題抄下來的數字也就不容易抄錯……當我講到這裡時，女兒忽然大叫一聲：「哇！原來是要這樣子檢查考卷喔！那我也會了。」

她好高興，好像是學到了一個法寶。親身示範，總是強於責備孩子「妳怎麼這麼粗心」要來的有效用些，我相信這種教導的方式容易讓孩子對自己充滿信心，也會對犯錯不再那麼害怕！

31 支持

曾看過這麼一則故事——在某所小學裡，有一次考試過後，老師請班上成績最差的十幾位學生的家長來校，對孩子的缺點逐一訓斥，最後對父母說：「我遇到了這樣差勁的學生，你們看怎麼處理？」大多數的父母都對著自己的孩子毒打了一頓，這時只有一位母親，不但沒有這麼做，還用無限慈愛的目光久久地凝視自己的孩子，最後母子二人眼裡都含滿了淚水。當別人不解地問這位母親時，她說：「你們任何人都可以看不起我的兒子，但作爲母親，我沒有理由不爲兒子自豪，我相信他是最好的孩子！」後來這個孩子考上了北京一所藝術學校——當父母願意眞誠相信並支持孩子時，這股精神力量就足以激勵孩子奮發向上，邁入成功。

傍晚去安親班接孩子回家，一見到女兒垂頭喪氣的模樣，我就猜是美勞作品的分數不太好，果然問起這件事，她就開始數落一堆。她的重點是，現在都是用同學票選來評比，人緣好的就得到較多票，和美勞做得好不好沒有什麼關係，根本就不公平。我告訴她，在這個世界上，本來就有太多的不公平存在，我舉了一些例子給她聽，但最後我說了一句：「沒有關係，媽媽絕對支持妳。」當她聽到這句時，我發現她整個人變得好輕鬆，她拉著我的大手，興高采烈，整個人突然換了一副面孔，憂愁遠離了，取而代之的是一種快活的表情。

♥♥♥　　♥♥♥　　♥♥♥

女兒告訴我，這次的模範生選拔，她只差一票，輸給了同班的一個男生，不過她覺得這個男生眞的蠻好：做事負責任，當班長也很盡職，但若能再改掉一些小缺點會更棒。我說：「沒有關係，妳願意眞誠祝福別人當選，這種憨厚樸實的心情，就已經是人格上的模範生了，雖沒拿到那張獎狀，但妳在媽咪的心目中，就是一個模範生！」

女兒很開心，因爲她知道媽咪總是在心理上支持她。

♥♥♥　　♥♥♥　　♥♥♥

去看女兒學校的運動表演會，那天剛好女兒有跳繩比賽，在預賽時她還得第一名，結果決賽卻什麼名次也沒拿到，看她一臉無精打彩，我就趕快過去安慰：「沒關係，以後還有機會嘛！」有一個女同學還哭了，我想我女兒沒那麼大的得失心，大概也是我平常給她灌輸了一堆道理有關——輸就輸，看那麼重做啥，努力與過程才是最重要的！後來我買了棉花糖給女兒吃，她開心得不得了，因為全班只有她一個人得到棉花糖，她把糖拿去請同學吃，早就把輸了的事忘得一乾二淨！

♥♥♥ ♥♥♥ ♥♥♥

女兒唸二年級時的第一次段考，三科都沒考滿分，她表面裝得不是很在乎，但在洗澡時卻告訴我「她很難過」，我安慰她：「其實沒考滿分才好，這樣下次就能有進步的空間，那些考了滿分的人，就必須很努力地維持住一百分，否則他們也只能退步了。一個人是不是能成功，堅持到底才是最重要的關鍵，有的人小學成績很好，但到了國中卻沒有保持下去，高中大學更糟，所以我們不需要用一次的成績來論斷自己。」女兒聽了又豁然開朗起來，尤其是當她聽到下次可以更進步時，她還開心的笑了呢，那種輕鬆的表情彷彿在訴說：「我又跨越了這次失敗的關卡！」

♥♥♥ ♥♥♥ ♥♥♥

支持孩子，爲孩子化解愁雲，不但能使孩子走得更穩，同時也能讓孩子學到面對挫折失敗的方法。支持，是人類最寶貴的精神糧食之一，一句「我永遠支持你」，就能使人堅強而有力的活下來。請多多在心理上，支持您的孩子吧！

32 德性導師

兒童是天生的哲學家，他們雖不太了解哲學的眞義，但他們自然形成的純潔良善，本身就充滿了童眞的趣味，這種原始粗糙的混沌靈性，蘊涵無窮的教育精髓在其中。古人云：「三人行，必有我師焉。」若家長能跳脫長輩的角色，用心傾聽孩子的童言眞語，往往就會發現，兒童很容易就能指出大人的弱點——也許是品格上的瑕疵，或者是人格上的缺陷。當我們眞誠聆聽孩子的直言快語，並且學習用心反思，最後就會發現：與孩子相處，受益最大的到頭來其實正是我們父母本身！

週三晚下班的時間是八點十分，我晃呀晃的開車慢慢回家，路上聽著費玉清的歌，好沉醉喔……去買了一點東西，然後走到家門口，手機忽然響起，開門一看，老公正打電話給我。他似乎有點生氣的樣子，嘴裡吐出來的字句是：「妳女兒的獎狀放在安親班，老師說現在快去拿，她會等我們。」我說我去好了。「妳去安全吧？」「安全啦！」我回頭又去開車了，但我腦袋一直亮著剛才那一幕，老公似乎掉進了他的驅力裡（註一），所以他整個身體的姿態是憤怒的樣子，我幾乎可以感受到他好像回到童年的時代，那個無力反抗家人無理對待的小孩，心中充滿了憤怨。

拿回獎狀，除了導師在上頭寫了一些字，家長及學生本人都要寫些字在上

註一 在溝通分析學派裡，驅力是應該腳本的功能性呈現，以特別的措詞、聲音、姿勢、手勢和表情等特定行為模式一再表現出來的應該訊息。（歐嘉瑞等，一九九六）而應該訊息是由父母親的父母自我狀態傳遞到小孩的父母自我狀態的訊息，通常包括一些小孩應該做什麼或不該做什麼的指示。（邱德才，二〇〇〇）溝通分析的始祖艾瑞克．伯恩（Eric Berne）認為，腳本指的是「以童年所做的決定為基礎的生活計劃」，簡單說就是每個人為自己的生活經驗做結論，找出理解這世界、並讓自己的存在有意義的關聯，因此腳本有時亦稱作生存策略。而在這個腳本當中，又包含了四種內容：一、應該訊息和驅力；二、禁止訊息；三、早期決定；四、心理地位。

面，我請女兒讓爸爸寫，因爲爸爸是一家之主。其實這已經是女兒得的第三張好兒童獎狀了，我和老公都各寫過一次，但這個新的學年才剛開始，我請女兒讓爸爸寫，其實也只是讓老公知道，我們很喜歡爸爸分享女兒的榮譽，因爲爸爸平常都太忙了！

女兒眞的是很優秀，她得到兩張獎狀，另一張是暑假作業前三名的獎狀，我們的確是以她爲榮。她有時就像是我德性上的導師，當我進入我的驅力——要她動作快一點，要她去做該做的事時，我的音量常不自覺變得嚴肅起來，好像很兇的樣子，她都會提醒我，告訴我不必那麼兇，現在我慢慢學著用溫柔的音韻來告訴她同樣我要要求她做的事，情況就變得好多了。

小孩說話直言無諱，反而能眞正說出我們家長自己的弱點，接受孩子的批評，我相信自己才能眞正變得更加成熟，也才更能受到孩子的青睞與喜愛。

33 戳戳樂

每個孩子天生都是玩樂的高手，在玩之中每個人也都可以充分經驗到那種興奮快樂的情緒。如果把教育應用在遊戲之中，就是所謂的「寓教於樂」。對小朋友來說，在輕鬆快樂的學習情境中學習，其效果絕對是比在死板痛苦的壓力下學要好的多且主動性更強。同樣是希望孩子專心練琴，打罵是一種教育方法，說教也是教育的方式，「說之以理動之以情」又是另類教育招術，但要怎麼做才能讓我們的孩子除了口服心服外，還多加一個自我激勵與自我約束呢？以下短文，從遊戲融入的角度切入，或許能讓我們從「孩子中心」的觀點來促進幼兒兒童的自發學習與自我管理。

這個點子是我和女兒一起想出來的。我利用一個別人家不要的戳戳樂盒子，拿回來自己重做一番。一共四十二個格子，就做四十二個號碼，我去書局、大潤發買了四十二份禮物，包括貼紙、文具用品、玩具……反正只要是我認爲可以吸引孩子興趣的東西就買下來。這一買當然是花了不少銀子，不過這一回我設定每

樣禮物的價錢不超過二百元。

孩子們一看到禮物，就迫不及待的想要抽了。但是十五顆蘋果可還真難得到，我們的規則是集五顆星星換一顆蘋果，十五顆蘋果才能戳戳樂一次。利用這個戳戳樂，可以培養孩子良好習慣的建立，譬如閱讀、做家事、運動、專心等，也可以制約孩子去除壞習慣，像兒子的衝動行事、不考慮後果、亂罵人、打人等。在制定各種規則上，我會和孩子一起討論，因此孩子會覺得這個規則他也參與制定了，就一定要去遵守。目前我們有的規則包括：爬一次山可以得兩顆蘋果、跑操場兩圈得一顆星星、平時小考一百分兩顆星星、九十八分以上一顆星星、彈琴都不離開座位一顆星星、月考滿分兩顆蘋果、月考九十八分以上一顆蘋果。如果兩個孩子所得的星星或蘋果數不一樣，我就會提供機會給較少的孩子，也許是做做家事或考考試等，讓他可以很快就迎頭趕上，總之就是做到讓他們兩人都可以同時戳戳樂，然後再一起分享這個喜悅。

當然規則的制定是充滿彈性的，一開始我們是十顆蘋果就能戳戳樂一次，但因為後來規則越來越多，他們很快就可以集滿十顆蘋果，我就和他們討論我的經濟狀況，他們二話不說馬上就都同意改成集滿十五顆才戳一次。這裡讓我看到了「孩子是很能體諒大人的」，只要有充分的說明與溝通，孩子們其實都會考量家裡狀況，來作適度的配合。

「戳戳樂」此種方式的優點是提供孩子行為的誘因，但缺點是一旦失去誘惑物，孩子可能就會懷疑自己行為的目的究竟是為了什麼，譬如是為了獎品考前三名，還是為了自己考前三名？這種現象在社會心理學中有一個專有名詞叫「過度辯證效果」，就是個人對某一活動的興趣，可能因外在誘因的介入而遭到破壞。例如孩子可能原本是基於興趣去彈琴，但戳戳樂實施後，孩子可能就變成是為了獎品才去彈琴。

根據我自己的生命經驗，大約是在大學時代，我才開始產生這種質疑，不過那時自己也已經大到知道任何一種良好習慣的建立都是為了自己，不是為了獎品。更何況在這個過程中，除了禮物的獲得外，附加的一堆價值——別人的讚美、掌聲等，早已讓自己沉醉在良好的習慣裡。

樂在抽獎，快樂學習，眞是美事一件！

34 我真的真的好愛你（一）

親子之間的關係走向何方，最初都是靠家長來把關的。良好的親子關係是孩子一生都享用不盡的寶藏，因此了解促進親子關係的方法，也就變得格外重要。對於一個初生嬰兒來說，肢體接觸——擁抱，就是最好最自然的親子溝通方法。但隨著孩子日漸長大，身體接觸或許會逐日淡化，取而代之是更多的口語會話與書面文字，從具體擁抱到抽象的語言文字，每位家長或許都需要去思考，如何運用這些素材來讓孩子感受到父母對他們的深情愛意。床邊故事，一直以來是我熱愛的教育方法，透過故事書本身的多樣性，它們搭起了我與孩子們心靈交流的橋樑。每個孩子都愛聽故事，那何不讓我們用故事來告訴孩子：我眞的眞的好愛你！

有一晚的床邊故事，書名就叫《我眞的眞的好愛你》，那是描述一隻無尾熊的故事。

無尾熊媽媽在生出她的第一隻寶寶後，就常常對著她自己的得意作品說這句

「我眞的眞的好愛你」，小無尾熊在媽媽的細心照顧關愛下，快樂的成長。直到有一天，媽媽又生了第二隻、第三隻寶寶。

小無尾熊發現，媽媽變得越來越忙了，而那句親密的話也再難聽到了，他好傷心，難過的走避開來，他心裡想，一定是我表現的不夠好，所以媽媽不再對他說那樣的話了。

他以爲，如果他可以在森林運動會上，得到爬樹比賽的冠軍，媽媽一定會再對他說那句話，於是，他開始了一連串辛苦的自我訓練。他爬上高高的樹，一次又一次，一遍又一遍，樹枝磨破了他的皮膚，他百般忍耐著這些痛苦的折磨，只爲比賽能得到冠軍，他多麼渴望媽媽再對他說那句話呀。

終於到了比賽的那一天，有一隻更厲害的無尾熊，身手比他更矯健，一下子就爬上終點贏得冠軍，而他只得到第二名，他難過的又哭了，自己覺得沒有臉回家，就躲到樹林深處……夜晚來臨，他好怕好怕，灰暗的恐懼啃蝕著他的心靈，他最後還是因太害怕了，回家去吧！

沒想到，媽媽一看到他，就對他說：「我眞的好愛你，我一直都好愛你喔，我會永遠愛著你！」他哭了，歡喜地投入媽媽的懷抱。

說完故事，女兒對我說：「喔！他好幸福，他媽媽都會這樣對他說，妳都沒有這麼說耶！」我說：「可是我每天都和你們親親呀，親親就是愛你們的表示！」「可是我喜歡妳用說的嘛，我較不喜歡用親的！」「那好，以後我就每天都對你們說這句話。」

幾天下來，我眞的天天對他們說這句話，當然，還是加上了我的親親囉！孩子們很喜歡，昨天女兒告訴我：「媽，我又得到這學期總成績的前三名了，好棒喔！」是呀，看著她那快樂的表情，我也開心地分享著她的喜悅與歡愉。

晚上睡前，我又再說一遍：「我眞的眞的好愛你們喔！」這對姊弟，或許就這樣抱著我的甜言蜜語，進入了他們的夢鄉。

35 我真的真的好愛你（二）

「任何嘗試要去照顧孩子的人，都會發現那是一件艱巨的工作，有很多母親都覺得自己做得不夠好。事實上，沒有母親是完美的，也沒有任何女人覺得自己能夠完全勝任，只要謹記做個夠好的母親就行了。」——這是英國心理分析師溫妮卡（D.W.Winnicott）所提出的看法，它意味著：不完美的母親並不會造成小孩永久性的傷害，只要盡力做到夠好的母親，我們的孩子依舊可以成長良好。也許專家們對「夠好的母親」有各種不同的詮釋：不會利用孩子來滿足自己的需要；會向外尋求成長，不把心力全放在母親這個角色上；不會將孩子的獨立視爲背叛；能夠原諒自己所犯的一些錯誤；有能力處理自己或孩子的負面情緒……在數不清的看法中，我深信所有詮釋背後的核心信念只有一個，那就是：我眞的眞的好愛你！

孩子們喜歡不斷確認他們在我心中的地位，就彷彿是一種後宮三千佳麗要得到專寵的心情一般。而我，漸漸學會了甜言蜜語式的公平。

有一天，兒子吵著問我：「妳到底是比較愛我，還是比較愛姊姊？」因爲他是半吵半哭半要脅，我就開玩笑說：「當然是比較愛你，你是我的心肝寶貝嘛！」在一旁的姊姊聽到了，她先是沉默不語，而我，當下就知道自己說錯話了。

晚上洗澡時，女兒說：「妳第一愛弟弟，第二才愛我唷！」我說：「不對不對，那是因爲弟弟吵鬧，我才這麼說的呀！你們兩個都是我的最愛！」我忙著解釋澄清。

隔了幾天，女兒又問我，「妳到底第一愛誰？」我說：「如果有一百分，那妳得五十分，弟弟也得五十分。」她說「不行不行，一定要有一個得第一。」我說：「兩個都第一嘛！爸爸才得第二！」她轉移話題，問我爲什麼爸爸是第二。我就說「因爲親情是血緣關係，夫妻是愛情與恩情，但沒有血緣關係。」她聽得似懂非懂，不過她確實知道，她在我心中是與弟弟同等重要的。

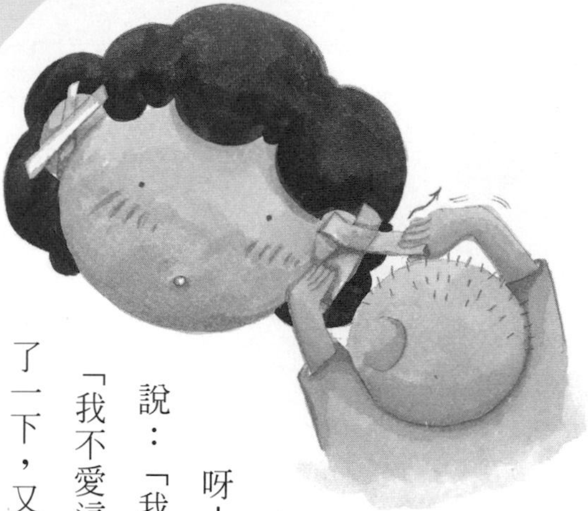

臨睡時，我依舊用故事哄孩子入睡。這一晚睡前的床邊故事是有關魔法的玩意，描述一隻小老鼠，因沾了魔法粉而使農場動物雞飛狗跳胡鬧一場的情形，孩子聽完都笑個不停，他們眼裡充滿著驚訝與讚嘆。

關了燈，兒子睡我左邊，女兒睡我右邊。我面對著兒子說：「我眞的眞的好愛你們唷！」兒子說：「我也是呀！」然後不到十秒，他像是想到了什麼似地摸著我的臉蛋說：「我眞的好愛妳的臉喔！可是……」，他用手指著我的嘴巴，「我不愛這張嘴巴，因爲它偶爾會罵我，有時還會嘲笑我。」他停了一下，又說：「我也不愛這個耳朵，」他用那細嫩小指頭撫弄我的耳朵，「因爲它有時聽不到我在喊妳！」

我聽了先是嚇了一跳，覺得又吃驚又好笑，但仔細一想，那不正是他心底最眞實的聲音嗎？

沒有人可以完完全全做到一百分父母，因爲我們自己的人格裡，也有一個兒童，當我在滿足自己的兒童需求時，我就可能會忽略掉孩子們的兒童需求。

兒子的這番話，引我沉思良久，儘管我已經盡力做個最好的母親，但仍有美中不足之處，也難怪心理學家要說：每個人至少在這一生中，累積了上千萬次的心理傷害！

不過我知道，「我眞的眞的好愛你」是一個正確的方向，我會不間斷用言語與行動來告訴孩子們：你們確實美好，值得我用生命的最大熱情來終生愛護！

36 樂在遊戲

教育孩子是每位父母的責任之一，有好幾種不同的教育方式。獨裁型父母用批評和懲罰，更甚者用體罰，這種方法大多只能達到阻嚇作用，孩子口服心不服，不會打從心裡喜歡你。放縱型父母則不太管孩子，睜一隻眼閉一隻眼，只要孩子不惹大事就好，但這種方式造成小孩無法學會尊重別人，缺乏清楚的人際界線，動輒侵犯到他人。民主型父母則用傾聽、尊重、信任等法實制定規則，讓孩子有較好的自制力、成熟度與社交技巧。民主的教育方式，確實是許多家長都渴望採用的方法，但要如何做才能實踐民主精神又不致讓孩子覺得嘮叨囉唆呢？我發現對稚齡孩子來說，遊戲還是最好的方法。把民主涵養融入遊戲之中，從玩中所經驗到的知識或情意，更能深入孩子的心靈裡。

有時候覺得自己的腦子還眞像一個百寶袋，叮叮咚咚甩一甩，教育點子就一個一個跑出來。

最近爲了讓孩子們享受愉快的用餐時間，我就和孩子們在用餐時玩遊戲。第一個想到的遊戲是造詞。

造詞遊戲很簡單，先想三個字，例如冷冰冰，每個人都先講一個詞，講完後就宣布題目，題目指的是另外四個字，例如我的屁股，然後每個人把這四個字（題目），和自己想出來的詞（三個字），一口氣唸出來變成一句話——我的屁股冷冰冰，這樣就會激盪出許多有趣好玩的句子來。題目可以改變，出題的人也可以交換，這種遊戲對低年級和幼稚園的孩子來說，簡直是一種驚奇，他們會發現各式各樣好笑的文字組合。

兒子笑歪了，因爲我造了一句「我的尿尿很好吃」，聽起來非常不雅，但只是玩遊戲，不用太在意。女兒也樂翻了，她說她沒聽過這麼好笑的句子。利用他們玩遊戲的快樂情緒，我又帶出了另一個更富教育意義的遊戲來。

我說我們來玩一個感激的遊戲，我要他們思考「今天你最感激的是什麼？」女兒一下子就說想好了，我讚賞她的機智一級棒！兒子也不賴，很快跟進。

女兒說：「我感激安親班的老師，因爲今天她教我算算術。」

我說：「我感激廚房阿姨，她幫我們準備了豐盛的晚餐。」

兒子說：「我感激鋼琴簡老師，因爲她今天給了我兩本更棒的新課本，可以讓我練更多的曲子。」

女兒對著兒子說：「那你也要感激媽媽，因爲是她幫你付錢的。」我們就在這種喜悅與感恩交織的氣氛下，愉快地用餐。孩子們一點也不覺得表達感激是件困難的事，因爲他們的心靈是處在自由舒展的狀態。換句話是，我利用孩子愛遊戲的特點，鬆懈了他們的防衛心理，而在這種輕鬆自在的氛圍裡，他們就學會了感恩！

教育稚齡孩子，善用遊戲輕鬆活潑的特色，孩子不會覺得我在強迫他們，而這種民主式的遊戲方法，確實也讓我教會他們不少東西！

37 正向思考

有人說：「思考是因，行爲言語就是果。正向思考引導出積極的行爲和語言，正如一水四見——水對人們來說，是水；對魚兒來說是牠們的房子；對鬼道眾生來說，是烈火；對天神來說，則是晶瑩剔透的水晶。」善用正向思考，失敗就成了通往成功的階梯；成功就轉而變成點綴生活的裝飾。就像大家耳熟能詳的這個故事：兩個人同樣來到不穿鞋子的國家，正向思考的人驚嘆：「哇！我就要發財了！」負向思考的人也驚嘆：「完了，生意全落空！」在教育孩子時，若能從正向角度切入，孩子的不好也會變成好，孩子的不妙也會成爲妙。如何運用正向思考，其實全在父母大人們的心態觀念裡，唯有心態先擺正，正向思考的教育才能眞正落實在生活之中。

兒子有一陣子喜歡在家裡聽英文CD，也喜歡寫英文作業。這一天，他又拿出作業開始寫，寫了一些之後，他叫我過去看他寫得正不正確。我發現他寫起字來眼睛離桌面的距離似乎太近，我就說：「你寫得很好，一百分，眞棒！如果你可以頭再抬高些，哇！那就變成一百零二分！」他聽了馬上挺起胸膛來，他說：「現在幾分？」

從這個小動作中，我體會到「從勝利邁向勝利，快樂加倍，自信更加倍」的眞諦。孩子在天性上，都是希望自己在爸媽心目中是個好孩子，我的讚美鼓勵，讓兒子更有力量踏上成功之境。

後來女兒彈琴，她也要我站在旁邊聽聽她彈得如何，那是一首新教的曲子，對她來說當然是有點難度，她彈完後，我拍手說：「天才，這麼難的曲子，妳竟然可以一口氣彈完，不簡單，妳也是一百零二分。」她問我爲何是一百零二分，我說：「因爲那些豆芽菜（譜）擠成一團，好複雜，我都看不懂了，妳卻還能彈出來，當然是一百零二分，如果妳能彈得更流暢，就會變成一百零五分喔！」她聽了好高興，彈琴的精神也就來了。

對父母來說，給九十分，九十五分，一百分，其實都只是張口之勞，但我們若能大大鼓勵，給孩子帶來自信的感覺，那即使原本不是一百分的，也會在我們的熱列期盼，殷殷鼓舞下，變成是一百分的神童。這種「善用鼓勵，誇大小優點」就是一種正向思考的方法，孩子在這種「我是很棒的」感覺中良性成長，逐步形成燎原之勢，那麼他們將來必然會成爲一位優秀的人才。

積極正向思考，確實較易培養出積極樂觀的孩子。有一天女兒到外婆家玩耍，外婆聽她背誦弟子規，就讚美說：「背的眞好，以後寫作文就可以運用進去了。」女兒聽了之後，背的更加勤快。這也是一種正向思考的引導方法，這意味著不管是弟子規、三字經、唐詩宋詞、靜思語……只要是可以背誦的文章，都激發了女兒背誦的樂趣。

從止向的角度發揮，很多事情教育起來就能得心應手。女兒不愛打籃球，我就說：「打籃球可以訓練手臂力量，將來打躲避球可就厲害了！」女兒是愛玩躲避球的，一聽到打籃球可以提升臂力，馬上就興起了一股興趣。

正向思考，讓自己立足於不敗之地；正向思考，也是讓孩子看到未來是充滿著希望與樂趣。同樣是學無止盡，運用正向思考引導孩子學習，必然如魚得水，歡喜輕鬆！

38 壞孩子

有句話說：「父母的目光像陽光，照到哪裡哪裡壯，孩子的缺點在陽光滋潤下，一路勁長。」這種說法指的就是父母若一直標籤化某個孩子，那孩子就會活出這個標籤符咒，成爲神奇符咒的化身。你給的是「好乖」，那孩子就變成「好乖」；你若下的是「好壞」，孩子就成爲「好壞」。只有一種人可以抵抗這種標籤符咒，那就是「滿載自信」的人——你說他「不聰明」，他反過來認爲你「眼光差」。然而現實的狀況是，孩子要變成這種「自信滿滿」，恐怕也是父母先下了「很棒」標籤，孩子因「很棒」久了，「自信」

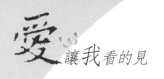

根深蒂固了，一旦有一天你要拿掉他的很棒，他當然會反過來跟你說：「抱歉，無法相信你說的不棒！」所以，父母要把陽光往優點裡照，那孩子不變好，才眞正是奇蹟！

有一天去安親班接孩子放學，女兒一見到我就說：「弟弟被主任叫去講話，他打了別的小朋友。」後來兒子上來，見到我不喊媽也不抱我，他站得遠遠地，一臉臭模樣。我說：「來，媽咪抱抱！」他一動也不動，老闆娘好心地要哄他過來，他仍不爲所動。姊姊說她先去小公園玩耍，我也跟著跨出大門，邊走邊鼓勵兒子跟上來，但他仍保持和我一定的距離，大家都在看我們，這時一位女老師說：「Vincent好乖，和媽咪回家囉！」兒子跨出門後，又躲得遠遠地，我走近他身邊，牽著他的小手說：「乖乖巧虎，不管你今天發生了什麼事，媽媽都會愛著你，媽媽一直都是很愛你的，跟媽媽走吧！」兒子有點心軟了，我幫他拿書包，走了幾步後他又掙脫了我的手，他自己跑到一輛轎車旁停下後抱頭痛哭起來，我想他正在發洩他的情緒，我就沒干擾他，逕自把書包拿到車上去放。

後來他去小公園玩，很快心情就回復了，我看看時間，就招呼他們去吃晚餐。用餐時我就跟兒子說：「如果你能自己告訴我今天發生的事，就可以得到蘋

果。」兒子悄悄在我耳朵旁說了一些話，但就是不說重點，我知道他很害怕，於是我們約定，不管兒子說了什麼，我絕不責罵他。

後來他全盤招供，他還說他好恨某個老師，我知道這是兒子激烈情緒的表現，他覺得自己是個壞孩子。我問他爲何有這種感覺，他說學校幼稚園老師這麼說過他，他也很討厭這位老師。針對這種負面的自我概念，我覺得又是一個很重要的教育機會，我就對這兩個寶貝說：

「媽媽覺得任何一個小孩，都不會是個壞孩子，因爲你們都還在成長，犯錯是必然的過程。小孩如果做錯事，做老師的要立即教導改正，並要有耐心不斷指正，因爲孩子不會只錯一次，所以老師要很有包容之心。如果孩子犯錯，老師就罵小孩並說他是個壞孩子，那這種人並不適合當老師，也許他去當法官，會更恰當。」

我一再強調這個概念「小孩有犯錯的權利，但犯了錯就要知錯能改，每個小孩都是可以成爲一位好孩子的！」兒子聽完這一席話後臉色放開了，他似乎是找到了一條退路，在保住自己自尊的同時，變得更有力量來面對自己所犯的錯誤。

而身為母親的我也絕對相信，兒子會記取這次的教訓，下次要打人之前必會想起媽媽的這番話。

我一直相信「沒有教不會、教不好的孩子，只有不會教、不會說正確話的父母」，當每位父母都願意把心態調整到「我好你也好」，這世上「壞孩子」必然會消失無蹤！

39 幸福

「幸福是唾手可得的——當腳步不再忙，心靈不再茫，眼睛不再盲時，才會看清幾乎與你擦身而過的幸福在身邊。」這段話是《幸福，請在對的地方尋找》這本書的封面文字。文字的重點當然是在標示幸福的「得來容易」，只要自己心靜了、不貪了，幸福本來就在每個人的身旁。這就好似老生常談的那句「知足常樂」一般，因為不求突破與改變，一切滿足現狀，當然容易體會幸福。只是這世上，有不少人抱著「尋求刺激，超越現狀」才會更快樂的想法，或者說這樣才能讓自己更進步，或更與眾不同，所以幸福也就因人而有不同的詮釋。不論人們的想法如何，幸福畢竟只是衡量自己快樂、滿足與否的一把心靈之尺，我們永遠無法用自己的這把尺去丈量別人的幸福。因此，一個人幸福與否，就只能捫心自問，而無關乎他人的眼光與評價。當自己覺得幸福，並能感受天地花鳥與之含笑，這樣不也就足夠了嗎？

幸福是一種不知不覺從心底緩緩升起的溫暖感，它使人們心裡充滿積極正向的生存力量，而我，正被這種優質感覺溫潤著。

問孩子們一個問題。「你們覺得媽媽最常對你們說的是哪一句話？」女兒說：「我眞的眞的好愛妳！」兒子說：「來，抱一個親一個！」他們用微笑回答我，幸福就偷偷駐足在他們清秀可愛的臉蛋上。

而我，一邊享受著他們溫暖幸福的模樣。

♥♥♥　♥♥♥　♥♥♥

幸福好像眞的就一直待在我的身邊。

女兒說：「我講一個機智故事給妳聽，好不好？」這是女兒超愛做的事，我當然說「好呀」。

有一個皇帝，爲了考驗哪一個臣子最聰明，就帶著他的臣子們來到山腳下，皇帝說：「你們有誰能讓我自動走到山上去？」一些臣子試了，沒有成功。有一個臣子說：「皇帝，我雖沒法子讓你自動走上山，但我卻有辦法讓你自動走下山。」皇帝很好奇，於是他們一行人上山了。到了山頂，皇帝問那個臣子的辦法是什麼時，那臣子卻說：「謝謝皇帝您自動走上山來。」

我聽了會心一笑，女兒也很開心。我問她爲何要說給我聽，她說：「我喜歡看到妳的微笑！」幸福聽到了，它又溜進我的心田裡，與我一同享用女兒的溫情。

♥♥♥　♥♥♥　♥♥♥

幸福是一種簡單的感受，隨時可取，用之不竭。

一早兒子睜開眼睛便大叫：「爸爸，你勇不勇敢？勇敢就是擁抱電線桿，呵呵！」老公說：「爸爸只擁抱你們的媽咪！」

吳淡如說：「每一個幸福的背後都曾經隱藏一顆堅定不移的心。」我想說的只是：「幸福小如鴿卵，知足與感恩的人會輕輕將它拾起，納入胸懷珍藏。」

♥♥♥　♥♥♥　♥♥♥

牽著孩子們的手，在山林間輕聲漫談，一路盡是歡顏。有蝴蝶翩翩起舞，孩子拿著長竿細網，享受捕捉的樂趣。我們自在而行，聆聽幸福的歌音不斷—葉子顫動的細簌聲、鳥兒歌鳴的啁啾聲、路人的歡笑、孩子的尖呼…收納幸福的我，品味這人間最美的悸動。

幸福似乎是與別人無關，它只是當下自己的親身體會，習慣幸福的人，或許常能感受喜悅之情，那感覺就彷彿在呼吸著芬多精，如此清新，如此令人迷醉。

40 疼惜

家庭是由不同個性的成員所組成的複雜系統，當發生衝突時，系統中的每一位成員都會以其獨特的方式來回應並處理這個衝突。有的成員會像個「自動控溫裝置」，彈性自如地調節自己與家人的互動；有的成員則藉著引發衝突來促使這溫度忽高忽低。當控溫裝置失靈，系統就會面臨崩潰瓦解之虞，基礎穩固的家庭，會以一種神奇具魔力的方式，扭轉失控的溫度，這種魔法來自心靈深處最深沉的角落，我把它命名為眞愛中最甜蜜的糖漿——疼惜。不論是小風雨或大風暴，疼惜彼此，永遠是家庭衝突最好的解藥！

一早，我告訴老公：「嘿！你知道嗎？舞蹈老師說咱們的女兒有舞蹈天分喔。」沒想到老公的反應是不以爲然。他說了一堆學舞蹈有啥用的論調，說什麼小孩學這學那，累死大家；哪一個商人不是說你家小孩有天分；學文科的滿街都是，工作難找喔！

我說：「教育要有良心吧，你沒天分，老師恐怕也不會瞎說。」當然他又滿心狐疑地害怕我眞讓孩子走這條路，又說了一堆現實論點。我心裡著實有些挫折了，本來是一件喜悅的事，現在卻變成夫妻間的價值觀之爭。別人說我的小孩有天分，我難道不該高興嗎？孩子能從學習中得到樂趣，難道不該爲她鼓掌嗎？

老公的論點我當然懂，我也是活在現實中的人，我難道不知道走藝術之路是件辛苦的事？但問題是，孩子的路他們自己會有所決定，她若眞對舞蹈著了魔，你想要改變她只是徒然製造家庭風暴而已。更何況孩子目前只是有興趣，就像鋼琴、美術、閱讀、演戲，她全都熱愛一樣，做家長的不是該給他們探索的機會嗎？如果孩子是全才，我們又何必非得要她走我們指定的道路。

我心裡不太高興，塗口紅時，他跑來抱我，我說：「老公，我覺得最近一直受到

你的批評，我非常挫折，我想我還是少說話好了。」眼淚沒有掉出來，我強吞回去。他放開我，不語，整個空氣僵住了。

我利用輔導技巧中的「我訊息」，表達出心裡的感受，他去輕輕叫醒孩子，準備上學了，我們不再言語。出門後，在車上時，我告訴孩子我的感受。剛好下午是我和老公一個月一次的約會，我們打算去大安森林公園看二〇〇四花卉展，因爲我有所情緒，我就對孩子說：「眞不想約會了，爸爸這樣挑剔我，當初又何必娶我呀。」

學校到了，孩子們跟我道再見，我心裡想著，要不要開車回家。今天不用上班，學校辦了一場去中正紀念堂的參觀，老公因休假，所以說好要送我過去，但我心裡仍是滿滿地挫折情緒。最後，我還是沒自己搭公車，我回家了，抱著一個念頭：「夫妻一場，算了，計較又有何用？反正我已經告知他我的感受。」

果然回到家，他變得好疼惜我，我們都不提之前發生的事，他只是說：「我們約會太少了，應該抽出更多時間來談心的。」

♥♥♥　♥♥♥　♥♥♥

午后，陽光迷人，冬陽在鳥語花香裡更添氣色，我們攜手觀花閒聊，早已遺忘那些不愉快的場景。

晚上去接孩子回家，女兒一見我便問：「妳今天有─約─會─嗎？」我說有。她笑了，她心裡一定是替我擔心，所以才一見面就問我這個問題，當全家都充滿愛意時，彼此關心就是最好的證明。

如果你的他也深愛你，那他必然也是會疼惜你的受傷情緒。了解一個人並不太難，但要做到深愛一個人，絕對是需要無盡的包容雅量，以及一份恆久不變的疼惜！

心理成長篇

成長確實是有路徑可尋，這世上心理治療與諮商的理論及方法不斷推陳出新，多到不勝枚舉，但只有自己親身經驗、體會、融入並運用有成的學派，才能眞正留存在心底深處。

「溝通分析」是心理諮商與治療的一門學派，而「中華溝通分析協會」（簡稱TTAA）則是臺灣地區溝通分析課程訓練的推動中心。我從公元二〇〇〇年進入協會至今已逾四年，其中成長良多，故樂於在此與讀者分享這些學習心得。

〈心理成長篇〉的許多概念，皆是來自TTAA的督導老師（Thomas Ohlsson, Roland Johnsson, Annika Bjork, Sissel Knibe）上課時的教授內容，再經過我自己的消化吸收而寫成的短篇，許多見解都非我所獨創，但爲了讓讀者能理解「溝通分析」這門學派，我還是眞實地記錄下了督導老師們的知識，當然有更多概念則未予紀錄於此。我認爲知識是死的，讀者在看過文章後，皆需同我一樣歷經咀嚼、消化、切磋、磨練、實作及應用的過程，才能眞正將這些知識融入內心成爲實用的智慧，最終是要能改變自己提昇自己，開拓自主快樂又健康的美麗人生。

41 溝通分析——父母自我狀態

每個人都是從嬰兒、幼兒、兒童慢慢長大變成成人的，而在這趟漫漫人生旅程中，每一個人也都是由父母或等同父母的人撫育長大。在這條充滿挑戰與荊棘的路程中，每個人靠著自己大腦的運作，應對現實生活中所遇到的各式問題。基於上述的絕對事實，溝通分析理論的基石便誕生了——每個人的人格裡，必然呈現有兒童、成人與父母的影子，它們如何形成、如何運作，又如何遭受污染導致功能不彰，相信這些都是每個人心中盼望了解的事。

什麼是溝通分析？Transaction Analysis（簡稱TA）依據國際溝通分析協會（International Transactional Analysis Association, ITAA）所下的定義是：「TA是一種人格理論，也是一套有系統的心理治療方法，以達到使人成長和改變的目的。」TA把人格定義為自我狀態，依據TA創始者艾瑞克．伯恩（Eric Berne）對自我狀態的定義為：「一種思想與感覺一致的系統，藉由一套相對應的行為模式呈現於外。」這種思想與感覺所構成的內在系統無法觀察到的，稱爲「自我狀態的結構」；表現於外的行爲是可以觀察到的，稱爲「自我狀態的功能」。探討結構是在了解自我狀態有什麼內容，探討功能則是在了解自我狀態的運作過程，是指一個人表現出來的樣子，我們可以從下表來看出結構與功能的不同。

但不論結構或功能，都可以分爲三個部分：父母自我狀態（Parent ego state）、成人自我狀態（Adult ego state）、兒童自我狀態（Child ego state），若用三個圓圈表示，則他們彼此相連，界限清楚，如左圖所示：

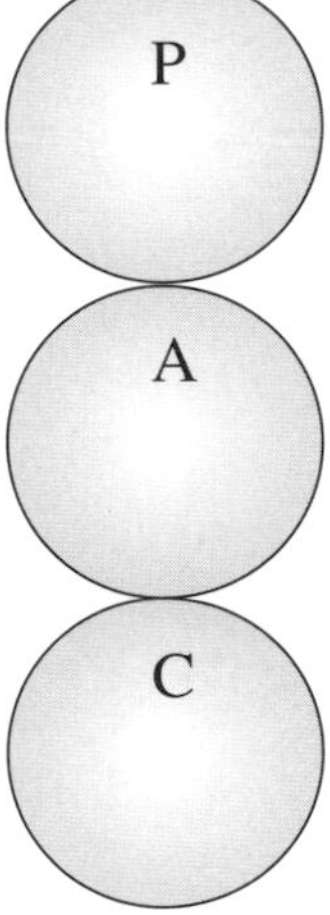

父母自我狀態（以下簡稱P），指個人自周圍重要他人、文化信念、傳統規範所內攝的思想、感覺與行爲。所有這些傳統、價值、文化、信念，都會經由重要他人或大眾傳播媒體的教導與示範而烙印在我們的P裡。有些P的內容是正確的，有些則

自我狀態的結構	自我狀態的功能
人格中所包含的各個成分	一個人所表現出來的樣子
探討內心世界時用之	探討人際互動時用之

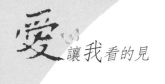

否。例如：男生不應該哭、女人是弱者、人是不可以信任的、從此王子公主過著幸福快樂的日子……這些顯然都不夠精確。如果一個孩子在幼年接受太多錯誤的教導示範，那他的父母自我狀態就會產生許多偏見，此偏見會影響成人自我狀態（以下簡稱A）的內涵，此時溝通分析把這種狀況稱之爲P對A的污染，這會造成成人格主宰角色的A（成人自我狀態）無法清楚地思考，並將污染信念信以爲眞，此時就需要做去污染的工作，讓P與A的界限能再次清楚地畫分開來。

42 溝通分析——成人與兒童自我狀態

兒子的幼稚園主任在迎新親職座談會上，曾分享過這麼一則小故事，她說：「教育孩子，有時大人說破了嘴，還不如小孩他自己的一次親身體會要來得更有效用。例如：你告訴孩子不要踩水坑，要從旁邊繞過去，才不會把鞋子襪子弄濕，你千交代萬叮嚀了半天，可能這個孩子遇到水坑時，還是忍不住嘻嘻哈哈地用他那可愛的小腳濺起水花，之後你生氣了，他學乖了。下次遇到水坑，他繞道而行，他之所以不再玩水，少部分是因爲你的生氣，更大部分則是因他有了一個深刻的體驗——濕濕的鞋子、襪子穿在腳上，眞是令人不舒服呀！」這個小故事所提示的，正是成人自我狀態的運作結果，「想要玩水的衝動」，來自兒童自我狀態的好奇心，但評估要不要玩水，卻是成人自我狀態的決定。

P（父母自我狀態）的內容是來自外在，即透過別人的教導示範而收納入自己的人格裡。兒童自我狀態（以下簡稱C）則是由內發展出來，是個人過去的生命經驗所形成的；而成人自我狀態（A）的訊息是來自於現在，並針對此時此刻的狀況做因應。用圖表示則如下：

每個孩子在成長過程中一定會問「爲什麼」，就是A的運作。當一個人處在A時，會表現出深思熟慮及講道理的樣子來。A是針對現實自主性的思考感覺與行爲之組合體，也就是針對此時此刻做反應的能力。小孩與大人的A是很不一樣的，因爲大人的P裡有很多的知

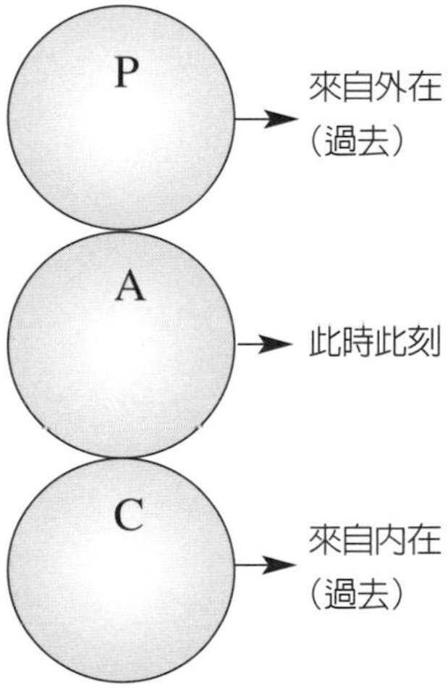

識教條經驗供A參考，而小孩的A卻通常根據C（兒童自我狀態）的感受做參考，少部分取決P，因此小孩的判斷常會出錯，A的功能並不如大人成熟。但人們都會自經驗中不斷修正自己的A。

C（兒童自我狀態）是一套個人自童年所遺留下來的思想感覺與行爲，也就是我們會重演小時的所思所想所感。一個人處在C時會有許多的情緒，因C是感受動機的起源，當一個人在年幼時，確實以情感爲生命的核心。好的C裡充滿創造力發明力，但若C裡充塞的只是創傷、驚嚇與自私自利，將會成爲人格中最具殺傷力的引爆點。

和P同樣的情況是，有些C的內容是正確的，有些則否。例如：大家都不喜歡我、我天生就是個胖子、我一定有什麼地方不對勁、我相信全部的人都會和和氣氣：這些顯然也都不夠正確，或許這樣的想法是來自小時候自己有感而發的想像，卻被誤認爲是事實，那此時的兒童自我狀態所產生的這些幻想，就被稱之爲是C對A的污染，這同樣會造成 無法清楚正常的運作。因此，所謂的去污染工作，就是要協助個人從污染的想法中，將自我狀態再次區分清楚，以圖表示則如左：

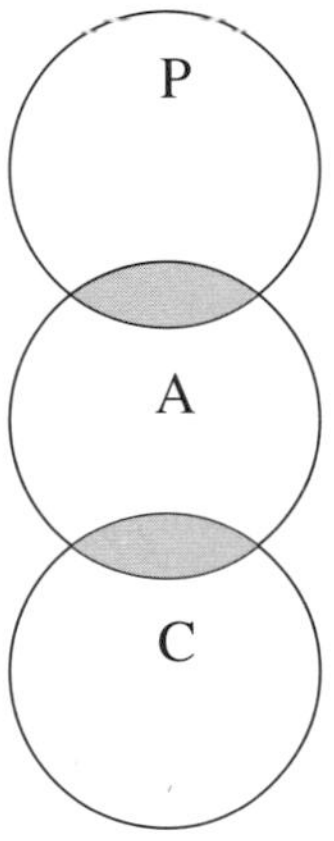

一個心理健康的人，擁有的是一個功能良好，清楚明確，沒有受到污染的成人自我，如此才能讓人格主宰的C，發揮最好的運作。

43 自主的A

溝通分析的目標之一，是使心理能量能自由自在地在自我狀態間流動。如果以細胞來形容這三種自我狀態，那「半透膜」就是這種細胞壁的特色，它能讓心理能量自如地在細胞間游走，除非遭到堵塞或污染，否則這種能量的轉換是非常自然也迫切需要。某些時刻，成人自我狀態的理性判斷、時事求是主宰著生活的步調；有些時候則是父母自我狀態的責任良心、道德規範與保護包容，凌駕生命的一切；更多時刻，我們允許自己忙裡偷閒、好奇十足，讓兒童自我狀態的天眞浪漫遊走人間。所有這些生活瑣事與生命靈魂的主宰，全靠我們成熟理性又功能良好的A，權衡輕重之後發號施令，讓PAC運作自如彈性伸展，自主健康又快活的生命才能於焉展開。

一個人要能健全地活出自主，PAC裡的A會是最重要的掌控者。A要良好，則有賴與P、C的界限清楚，這就叫無污染的存在。

舉個簡單的例子。一個女子說：「沒有錢就沒有安全感。」這可以是一個P污染A的情形，也就是這個女子從小接受了父母師長的教導或社會價值的影響，讓她認爲一定要有錢才會有安全感，所以男人若沒錢，她和他在一起就會缺少安全。但這句話也可以是一個C污染A的情形，也就是這個女子小時是生長在一個缺錢的家庭裡，成長的過程讓她深刻感受到沒錢的恐懼與卑賤，因此長大後她挑男友，就會把金錢看的非常重要。

前者（P污染A）要去污染，我們可以舉出很多沒多少錢卻一樣很有安全感的人來，透過說明澄清可再次把PA界線重新劃清。後者（C污染A）用澄清多半起不了作用，只會造成像「是的……但是」這樣的心理遊戲（見〈心理遊戲〉一篇〉。要去除這個污染，必須回溯這個感受的起源，這牽涉到回溯技巧，這樣說來心理諮商不但耗時，更耗心力。

再舉個例子。如果一個未婚女孩腳踏兩條船，那身爲其中一條船的男孩，該如何是好？我們也可以從PAC裡檢示一些狀況。

女孩的P在想什麼？男人要能保護女人？男人要賺很多的錢？男人應該要勇敢迎戰？物競天擇，適者生存，不適者淘汰？結婚是戀愛的墳墓？

C裡的情況又會怎樣？也許C是：我根本不相信男人、我是天生猶豫不決的人、我憎恨男人……

女孩的A呢？由於女孩的A已經受到P或C的污染，無法讓A正常且清楚的運作，故女孩無法清楚運用A作出一個好的決定。

很難眞正去解析女孩的內在世界，除非她願意眞誠揭露自我。當女孩不願做抉擇，或做了抉擇又反反覆覆，這些都已經說明了女孩的自顧不暇。身爲被腳踏兩條船的男主角，需要的是一個清楚的A，衡量這一切的利弊得失，但前提是：請先處理好自己的污染想法。如果男孩或女孩一再經驗到反覆而無法做出抉擇的狀況，那表示已經是一個心理遊戲了〈見〈心理遊戲〉一篇〉，這些都會讓女孩或男孩一再陷入苦惱、困惑，甚至是抱怨或受害的情緒裡。

當人們在日常生活中發生困擾時，先檢示自己P與C裡的內容，會是一個不錯的自療方法，只是人們的污染常是不自覺且信以爲眞，未經訓練的人還眞難以做自我澄清的工作，所以找個專業的心理諮商師，或許更能幫助自己脫離這些糾纏不清的污染想法，當去污染的工作完成後，自主健康的A才能大展身手，對於活出自信光彩的人生，也就更多了一層機會！

44 自私與自愛

有一個女人去找婚姻諮詢顧問，她說她自己「快要」外遇了，因爲工作認識了一位男士，由於相談甚歡，所以常常有幽會的情形，半年後，漸生情愫，所以就有比較親密的行爲，這男士雖然一直要求「進入」，但是這女人還是覺得不可以對不起老公，所以只允許用嘴巴幫她情夫口交射精。婚姻諮詢顧問說：「這樣已經是外遇了，還說什麼快要外遇！」這女士反駁：「誰說的，我又沒有讓他進來，怎麼算外遇！嗯……如果這樣算外遇好了，那如果是用手幫忙打出來算不算外遇？」「還是算。」「那愛撫算不算外遇？」「還是算。」「那親吻算不算？」「還是算。」「那牽手呢？」「還是算。」「那談心？」「還是算。」「那有好感呢？」……這則小故事幽默中似乎又帶著諷刺，不論那些算不算「外遇」，「爲何要去外遇並預防傷害的發生或將可能發生的傷害降到最低」，恐怕才是最關鍵的事！

自私與自愛是很不一樣的人格特質。自私——只顧自己好，不管別人。自愛——愛惜自己，善待別人。如果一個人很自私的話，人格必然是發生了某些問題，表現出來的就是不夠理性的行爲。

外遇是現代人很容易就會遭遇到的問題，不管是精神或肉體外遇，會發生問題的外遇，必然是自私的產物，自愛的人即使是遇著了外遇的狀況，也不會出問題，造成彼此雙方的傷害。

以PAC的角度來看，一個人在外遇上出問題，基本上C一定出了狀況（P也有可能出狀況），C是本能及生理慾望、好奇心、直覺，如果C和A的界線不清，成人自我狀態就無法清楚思考。C是想要做，A是怎樣做，C不考慮後果，A則會衡量C的需求，並取法P的教導，最後做成一個決定，既能照顧到自己的C，也不違抗P的教誨，這樣的A是功能健全的，也是自愛的表現。

每個人的P都可能會去苛責肉體外遇的不忠，所以眞正是你的朋友，絕不會贊同彼此在婚姻外發生肢體關係，但當自私氾濫開來，就不保證朋友會再是你的朋友，那時也許要改名叫情人，然後良好的A會開始運作，簡單來說就是想盡方法不讓事情曝光，以避免現實中的任何一個人受到傷害，但問題是我們的P絕對也會同時運作起來，或許是苛責自己，也因此會有人說「當你的老公或老婆突然對你好起來時，你反而要開始擔心了」，就是指這種因爲P開始苛責自己，因此產生內疚，所以才會格外體貼另一半！

自愛的人外遇，絕對是儘遵見光死的原則，所以他會努力保密，但如果不幸被揭發，他也一定承擔起一切的後果，正因他了解後果的嚴重性，所以他小心謹愼處理他的外遇。自私的人外遇，傷害性可就大多了，因爲他多半是顧到他自己的C，所以別人的感受他是容易漠視的，這也就是爲何同樣是離婚收場，有的人的小孩就還是維持著最大的福利，有人的小孩則完全變成一個出氣筒，成爲遭受遺棄的可憐兒。

愛情的本質就像雲朵一樣，是因水氣的流動而呈現深淺不一的色澤，當兩個配偶的氣流已經不再傳遞，那外遇的可能性自然也就提升，只是自私與自愛的不同典型，造就了外遇終結命運的良劣。法律固然保障了沒有外遇的一方，但它並不保障所謂的情感生活，爲防範這個世代多變的愛情，我想每個人最好還是學會情感獨立，精神生活靠自己，比較聰明吧！

45 撫育型父母VS.控制型父母

我們常形容孩子像株小樹苗，需要父母師長用愛心之水來澆灌，用陽光之暖來照拂，如此小樹才能長得又高又壯又健康。但這「愛心之水、陽光之暖」需要在某種規範下，才不會濃烈變成溺愛或嚴苛，導致孩子無所適從或心靈受創。如何拿捏尺度，訂一個父母滿意孩子也歡喜的標準，重點就在大人們是否能透過良好健全的成人自我狀態，來妥善運用父母自我狀態的能量。當父母自我狀態的能量能來去自如不固著，孩子就能因著大人們的彈性收放又不逾矩，從中受益並建立起屬於孩子們自己的父母自我狀態。

自我狀態中的A，雖說是人格中的主控者，但這並不是說我們要一直表現A的樣子，沒有哪一種自我狀態是代表好或不好，關鍵在於A要能適時適地選用不同的自我狀態來應對生活，只要能使自己感覺舒服，別人也感覺不錯，那個自我狀態就是恰當地。

現在再來看看所謂的「功能性自我狀態」。前面曾經提到過，功能指的是一個人表現出來的樣子，在溝通分析學派裡，就功能的角度可把P再劃分成撫育型父母（Nurturing Parent，以下簡稱NP）和控制型父母（Controlling Parent，以下簡稱CP）。

NP，當一個人表現出溫暖、關懷、柔和、安慰、同情、縱容、溺愛、囉唆、默許、管閒事，這個人處在NP的人格狀態裡。

CP，當一個人表現的是理想、良心、正義、責任、道德感、自律性、責備、批判、主觀、嚴肅、偏見、權力，此時處在CP的人格狀態裡。

這樣看起來NP、CP都各自有其正向、負向的影響，可以用下表來呈現。

如果一位父親總是習慣用支配獨斷的方式對待孩子，他固然維持了家庭的秩序，也表現出他的責任心，但長久下來，孩子絕對

	正面	負面
CP	追求理想 有良心 維持秩序 重道德 有責任心	易持有偏見 對任何事保持懷疑態度 支配性強 排斥他人 獨斷
NP	認同對方 有同情心 可負起保護、養育之責 包容別人	過度保護 過度干涉 推卸責任 侵犯他人的自主性 縱容他人

（邱德才，2000）

是倍受心理煎熬，原因就出在孩子也是需要父親的認同與保護，換句話是，CP與NP是不可偏廢，要靈活運用才能擄掠孩子的心！

我們表現NP或CP的樣子，是決定於我們的A，所以A要零污染，我們才能妥善使用CP與NP的正負影響力，讓生活可以眞正既符合自己的心理需求，也能滿足孩子的心理需要，如此的雙贏策略，正是溝通分析學派所要達到的目標之一。

46 適應型兒童VS.自由型兒童

「老師在課堂教課，學生在底下聽講，請問學生是處在哪一種自我狀態裡？」這是督導老師曾問過的問題。雖然從表面上看起來，好像難以區分，但實際上每個人的自我狀態可能都不太一樣。甲說：「專心聽講，才不會漏掉老師所說的。」乙說：「不專心聽課，會被老師罵喔。」丙說：「做學生的本份，就是應該要注意聽講！」甲權衡現實狀況，做出評估判斷，所以他正運用他的A；乙是擔心挨罵，他表現出乖乖牌的樣子，所以他可能處在C；丙的話語裡充滿爸媽師長的聲音——不可以上課講話、應該用功、務必專心……他活出了長輩的影子，所以他也許正在P裡。自我狀態千變萬化，也許前五分鐘還處在P裡，下五分鐘又跑到了C去——你是否覺察到了自己的偏好呢？

從功能的角度來看，C又可以劃分成適應型兒童（Adapting Child，以下簡稱AC）和自由型兒童（Free Child，以下簡稱FC）。

AC：當一個人表現出服從、在乎別人、害怕、害羞、討好、有禮、規矩、微笑、敵意、反叛、易怒，這個人處在AC的自我狀態裡。

FC：當一個人表現的是愛、恨、喜、樂、天真、創造、直覺、自由自在、任性，則他正處在FC的自我狀態裡。AC與FC也都各自有其正向負向的影響，如下方的附表：

	正面	負面
AC	富協調性 妥協性很強 乖寶寶 順從 慎重	過於謙虛 依賴心強 做不必要的忍耐 缺乏自主性 隱藏敵意
FC	天真爛漫 好奇心很強 重視直覺 活潑 富創造力	以自我為中心 任性 旁若無人 粗野 情緒激動

從這裡可以了解到一件事：每個功能性的自我狀態，都有正向負向的一面，就連人格主宰的C，也有其正負面的影響，如下方的附表。

我曾和一個個案討論一個案例。一個已婚老闆和未婚女秘書幽會並發生性關係，那麼他們兩人的PAC各會說些什麼？這個年近三十的個案告訴我，他不認為老闆會真正珍愛女秘書，只是當作C裡的玩一玩而已。

說得不錯，玩一玩！每個人的心靈深處，都潛藏有一個很棒的FC，都會想要玩一玩，但每個人想要玩的東西或方式可能都不太一樣，有人會玩出問題，有人則玩得很盡興。

無論我們人格主宰的A，決定要用哪一種自我狀態來因應生活，只要所使用出來的自我狀態，是令自己滿意，別人也能接受，且又能達到解決問題的功效，那麼不論所使用的是肯定面或否定面的自我狀態，都是可行的，因為每種自我狀態都有其本身的意義與價值，沒有誰比誰好的問題，有的只是合不合用當時的狀況而已。

	正面	負面
A	理性 處事合理 沉著冷靜 根據事實 客觀判斷	機械般的 精打細算 枯燥無味 面無表情 冷漠

47 覺察

「覺察觀照，身心合一」，這是不少現代人希望追求的心靈境界之一。覺察是西方心理學中的專有名詞，觀照則是佛法中所用的字眼，若換成通俗的大眾用語，這兩者所泛指的大概就是「每個人都有一種想要了解自己、認清自己的內在渴望」，但這種渴望並非人人都能完成，因爲眞正要面對自己其實是一件非常苦澀的事。人性裡有數不清的黑暗弱點存在，要能克服突破這些殘敗腐朽之處，除了覺察觀照，可能更需要的是一顆堅定不移、立志向上、追求眞善美境界的聖人之心！

曾經聽過兩句話：知易行難與知難行易，用在改變人格狀態上，似乎兩者都有可能發生。

有一天，安親班的老闆娘和我談起她家的狀況，她的意思是，大家願意把孩子送到她那兒，是對她的肯定，但她覺得教別人的孩子容易，教自己的孩子，就變得很難。

她舉了一個例子，她說她家三個女兒，早上起床都要三催四請，二女兒更是誇張，都用哭的，女兒越哭她就越心煩，因此在說話的語氣上也就越益嚴厲，但常常早上就是像在作戰，她問我如何是好。

我告訴她，人格狀態在溝通分析裡分成三種：P、A、C。如果大人用P的狀態出來，那孩子很容易就會處在C裡。嚴厲語氣是一種CP，那小孩就會在AC；AC又分三種：退縮兒童、叛逆兒童、順應兒童。意思是當妳用CP時，孩子容易出現下面三種情形回應妳：一是退縮兒童——根本不理妳，她會退縮到自己的世界裡去；二是叛逆兒童——反抗妳的論點，和妳發生口角，對妳擺臉色等；三是順應兒童——服從妳說的話，但心裡卻不一定眞正認同妳，甚至可能罵在心裡！

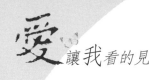

我說比較恰當的方式之一，是儘可能提升孩子的A，也就是讓孩子跳開C這個角色，讓孩子學會用A來做決定，那在做法上是大人要先變成A，這樣才容易引出孩子的A，A與A平行溝通才會愉快順利。

她當場練習給我看，她說了幾句，例如：「妳們應該要早睡早起，這樣才不會上學遲到。」我告訴她，這還是一個CP，因爲「應該」是一個CP的字眼，只有父母型人物才會認爲小孩應該要怎樣怎樣，還有最重要是肢體語言，如果語氣上給人「你必須聽從我說的話」，那顯然就是一個P了，如此一來，孩子還是很容易會進入到C的人格狀態裡。

她有些驚訝，發現要改變自己原來並不是那麼容易的一件事。沒錯，如果你也習慣批評指責別人，那要變成是溫柔的鼓勵型父母或是充滿理性、權宜衡量事情的成人型，都不是一下子就能做到的。

人格形成有其長遠之過去影響，改變自己先得從覺察開始，在刺激與反應之間，多一個覺察的過程，可以緩和反應的速度，只要知道自己的狀態，那離改變其實就不會太遙遠。但在改變的過程中，會有許多的不適與質疑，是一種自我挑戰，十分辛苦，若不能堅持下去，往往也就無法真正體會自主成熟的樂趣，所以有心改變自己的人，確實是需要一些堅實的盟友，這些人能幫助我們在挫折中得到一些精神上的鼓舞，使我們更有力量可以勇敢地面對波濤不斷的人生逆境。

知難行易，真正要了解TA所說的自我狀態，並非這幾篇介紹就能讓讀者一窺全貌；知易行難，即使讀者確實領悟了自我狀態的意涵，要改變自己卻仍有一段漫長的成長之路要走。無論如何，覺察總是一切改變的開端吧！

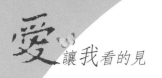

48 心理遊戲

每個人都喜歡獲得刺激，不管是知性上的滿足、情感上的滋潤或肉體上的歡愉，人們尋求刺激以使自己更有力量活下去。但在這個追尋刺激的過程中，則未必人人都能使用健康的方法。

在TA學派中發現，很多人是藉由玩「心理遊戲」，以確保心理安撫的獲取。究竟何謂「心理遊戲」，以下短文只是個簡單的介紹，有興趣的讀者可參考TA理論的相關書籍，才能對此概念有更深入的理解及應用。

心理遊戲是什麼？心理遊戲最早由溝通分析學派大師艾瑞克．伯恩在其《人間遊戲》一書中提出，其概念可以用一個公式條列如下：餌＋鉤＝反應－轉換－混亂－結局。

舉兩個簡單的例子，一個遊戲名為「是的……但是」，另一個叫「我只是想要幫助你」。假設有兩個人在對話，甲提出一個問題問乙，乙就說了一個意見，甲說：「你說的很好，但是……」，然後甲駁回了乙的提議，於是乙又提出另一個想法，甲同樣說：「你說的不錯，但是……」甲還是駁回乙的意見，這樣一來一往幾次後，乙開始受不了甲了，便反過來責問甲，此時甲可能會覺得無辜，因爲只是問了問題就被罵；乙可能覺得生氣或無力，因爲他的建議全被甲駁回。接下來，兩人會覺得莫名奇妙：事情怎麼會變成這樣？最後兩個人都得到不好的感受，甲是無辜的感覺，乙是生氣或無力的感覺。

在這兩個例子中，甲玩的就是「是的，但是」這個心理遊戲，乙則玩「我只是要幫助你」，餌是當甲丟出問題時，乙接住後就上鉤了，經過一來一往的互動（反應），開始出現了角色的轉換：甲從原本受問題苦擾的受害者，變成一直排拒乙的意見的迫害者，最後乙受不了，開始冷落或責備甲時，甲又變成了受害者；

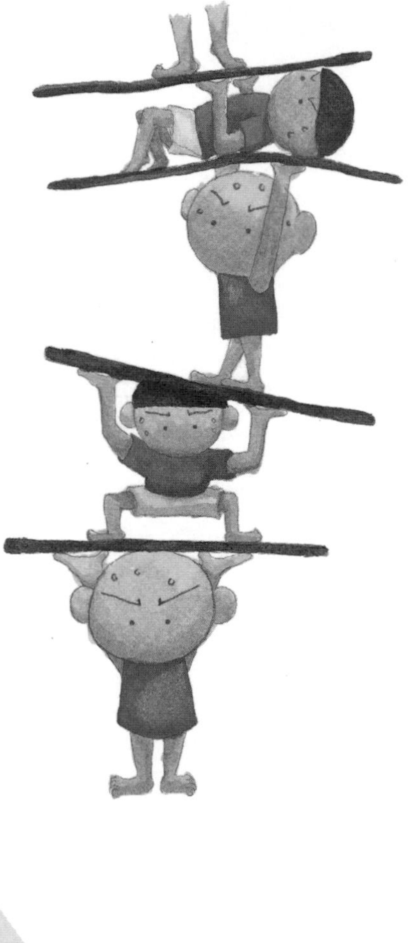

而乙則從一開始想要幫助甲的拯救者，後來又變成遭甲一直拒絕的受害者，然後再變成責備甲的迫害者（如下圖）。接下來兩個人都會經歷一個快速卻混亂的過程：怎麼會變成這樣？而結局就是發生了扭曲感覺，也許兩人都覺得受傷、或挫敗、或生氣、或沮喪。扭曲感覺是因人而異的，但這個過程就是一個心理遊戲，甲乙兩人都想驗證自己的信念是對的，甲的信念是「我要證明你幫不了我」，乙的信念則是「我的想法才是對的」，他們的心理地位可能都是「我好你不好」，而經過一來一往彼此鉤住，最後產生一個不愉快的結果。

心理遊戲有很多種，如果一個人經常掉入一種負向且自己都覺得莫名的情緒裡，那就要考慮是否自己已經掉入心理遊戲之中。

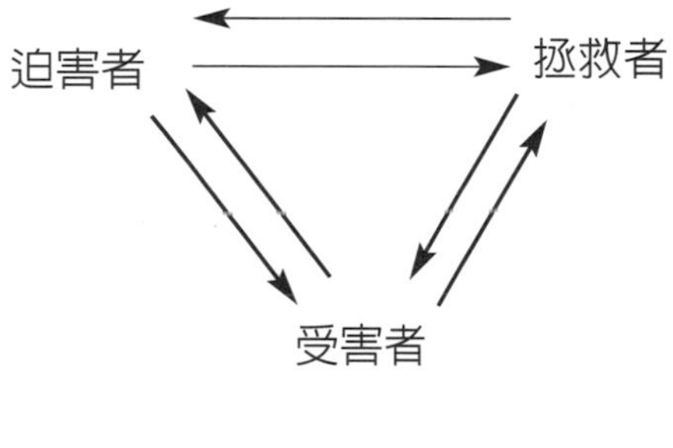

圖：卡普曼戲劇三角形

甲：受害者—迫害者—受害者

乙：拯救者—受害者—迫害者

49 看，都是你害我這樣子做的

艾瑞克・伯恩在其所著的《人間遊戲》一書中，羅列了三十六個心理遊戲，「看，都是你害我這樣子做的」被歸在〈生活中的遊戲〉一章，其他還有〈婚姻遊戲〉、〈宴會上的遊戲〉、〈有關性的遊戲〉、〈下層社會的遊戲〉、〈心理治療室裡的遊戲〉、〈好的遊戲〉等。本文透過筆者自身家中發生的實例，說明遊戲可能的進行方式與中斷方法，旨在讓讀者了解心理遊戲的發生，往往是當事者不自覺的，受過TA訓練的人較容易察覺餌的出現，因此也就可以避開掉入這種會產生負面情緒的安撫陷阱裡。

這天老公下班回來已經十點，他一進門就趕緊把垃圾包一包，拿去給垃圾車。回來後他走進房間，我正在擦沐浴後的保養品，女兒對他說：「爸爸，幫我弄牙膏。」然後他去幫女兒弄完，又走回房間。我說：「可以再幫兒子弄嗎？」他本來要換衣服的，聽我這麼一說，又去幫兒子弄。我沒有想到他已經一肚子不舒服了。

隔天早上我對他說：「今晚我會帶孩子們去學校看長髮公主芭比影片，所以你若早回來看不到我們不用擔心。」之前他本來正要說他在公司上班遇到的不如意事，聽我這麼一說，火氣全上來。

他把我數落了一頓，他的重點就是小孩怎麼可以如此寵愛，家裡DVD壞了也不需要非跑到學校去看不可，去學校看片子要花很多時間。然後他又把前一晚我叫他弄牙膏的事搬出來說，意思是他累得半死回家，做這做那的連喘口氣的時間都沒，我們還要他做個不停。最後他拋出一句：「妳這樣做根本是在讓我無心工作！」

這眞是一個好大的心理遊戲之餌，如果我上鉤了，我就會全力反擊，反駁他的論點，然後變成一場口角之戰，最後不是他就是我要退讓，但在這個過程中，傷害早已產生。

我想我並沒有害他做任何事，人既然是自我決定的動物，那他決定幫兒子弄牙膏，就無需抱怨自己的衣服還沒換，因爲是他選擇要幫兒子弄牙膏的，他也可以選擇先換衣服再弄牙膏，或者告訴我他沒空弄，那我就會自己去弄。同理，我

帶孩子去學校看片子，又怎會影響他的工作？這聽起來倒比較像是他在告訴我：「老婆，我的工作壓力已經大到快讓我承受不住了，所以以後我進家門後，請不要再用任何一件事來煩我！」

我當場沒有多說什麼，我忙著整理小孩上學的物品，但我一直在偷瞄他，他數落抱怨完，一臉神色沉重。後來在浴室，他還是那張難看的臉孔，我索性走到他面前，親吻他的唇，然後說：「不要生氣嘛！不氣不氣啦！」當然他的臉稍微降溫了，他還是說著他的觀點，我說：「我們會快快回來的，如果我不告訴你，你可能根本不知道有這種事，因爲你都比我們晚回來呀！」

然後我送孩子去上學，路上我告訴孩子們：「你們的爸爸，可能是上班壓力太大了，所以情緒不是很好，那你們要每天把自己的事搞定，不要讓爸爸回來時，還要忙你們的事。讓我們一起來讓爸爸回來沒事可做吧！這樣他的壓力小一點，心情就會好一點！」孩子們笑了，他們懂得也瞭解爸爸的

工作是非常非常辛苦的，我們都很感謝他的付出。

心理遊戲是一個巴掌拍不響，小心餌的出現，不去上鉤，我們才能眞正從親密對話裡獲得更好的安撫，且記：夫妻相處一場，多用同理包容來滋潤彼此，永遠勝過脣槍舌戰！

50 愛與控制

控制型父母中的控制概念，常被許多人拿來作爲表現愛的工具，他們似乎相信：只要我盡心盡力了，別人就該懂得感恩與回饋。殊不知這種控制，就是一種心理遊戲，也許它的名字同前一篇名爲「看，都是你害我這樣子做的」，或者它可以命名爲「要不是爲了你」。無論它的名字爲何，當人們用控制做蜜糖，將愛包裝起來時，這種愛將腐蝕心靈的健康，久而久之除了有蛀壞腐爛之虞，更大的生命危害恐怕也將在無形的壓迫下滋生蔓延開來。

有一天七歲女兒問我：「到底是我要去唸音樂班？還是妳要讓我去唸音樂班？」我說：「當然是妳自己決定要唸，我就付費囉！那妳不想唸，我們就不去呀！」她點頭說：「喔！我懂了，記得以前我不用心彈琴，妳說那就不要學了，那時我還哭著求妳讓我學哩！所以，是我決定要學的。」

我不想控制孩子，要他們自己決定，當然我會先提供一些資訊，再請他們做決定。我也知道，現在的決定不代表未來的決定，改變是可以被接受的，但要有很好的理由，一個人要學習堅持，但也要學會改變，這叫擇善固執與保持彈性，二者並不衝突。

愛人，要予別人「決定的空間」，任何人都有權決定自己的路。控制不能稱作是愛，那只是一種自私的手段，有不少人假愛人之名，大玩控制的遊戲，最後滿足的不過是自己的心理需求而已。

一位爸爸說：「看我工作多辛苦，還不是爲了你們。」——這位爸爸可能忘了一件事，是他自己決定要結婚生子的，養育孩子本來就是他的責任！

一位男友說：「我花了那麼多心思與時間，還不都是爲了妳！」——這個男子

或許不了解，自己若都顧不好，一味花時間在女友身上，只是徒增別人的困擾與壓力。

一位母親說：「我把所有的時間都奉獻給了我的孩子。」——這聽起來更是可怕的壓力，一個沒有規劃自己生活的人，把重心全放在別人身上，那她要怎麼活出自己？

如果這些人付出心血的對象，都依付出者的意志過活：孩子認眞乖巧、女友貼心甜蜜，那恐怕就天下太平了！偏偏這幾乎是不可能發生的事，當子女有自己的想法，父母就開始視之爲忤逆不孝；當女友移情別戀，男人就將她視爲紅杏出牆。難道這些父母、男人就要拿自己心力的付出當作是控制他人情感思想與行爲的手段嗎？當他們得不到應有的回饋時，就該反過來壓搾報復這些未盡他們心意的可人兒嗎？遺憾的是就是有這樣的人，用自以爲是的愛來操控別人，導致他們不如意時就用肢體或語言暴力加害他們周遭的親密愛人。

當愛變成是控制的手段，愛的甜蜜恐怕也只能隨時間推移而轉換成沉甸甸的負擔！

51 扭曲感覺

什麼是扭曲感覺？根據溝通分析學派的看法是：一種常常出現的負向情緒，是在小時候學來並受到鼓勵的，會在各種有壓力的情形下出現，就成人的眼光來看，這種情緒無助於問題的解決。扭曲的感覺會掩蓋眞正的感覺，它剝削我們解決問題的能量，雖然它也是一種眞實的感覺，卻無法讓我們活出自主。它就像一根魔棒，讓我們安然度過成長中的風風雨雨，彷佛是一種生存策略操縱環境後所必然得到的感覺，我們與這種感覺緊密依偎，直到長大成人後的某一天，突然發現這根魔棒不再那麼好用了，甚至可能覺得綁手綁腳妨礙心靈的自由呼吸，於是打破扭曲感覺，就成爲TA學派心理成長的項目之一。

當一個小孩身體受傷時，直接的反應是哭，因爲疼痛嘛，哭泣是傷痛的正常反應方式，這時如果長輩對他說——不准哭；有什麼好哭的；哭不能解決事情；男生不可以哭；吵死人了，哭什麼哭……這些禁止小孩表達眞正感覺的語言，久而久之就會造成小孩不願再表達眞正感覺，改而採用扭曲感覺。如果大人准許小孩生氣遠超過哭泣，那孩子就學會用生氣來代替哭泣；如果大人鼓勵小孩討好別人，那小孩就學會用討好來委曲自己不要哭，這就是扭曲感覺的起源，它一樣是如假包換的感覺，但卻已經不是針對事件而起的本來眞正感覺。

扭曲感覺受家中長輩價值觀念的影響，在歷經多次眞正感覺的遭受壓抑，取而代之的替代感覺就逐步形成。一個人一旦固定了某種扭曲感覺，別人就會發現每當這種情緒出現，並不能眞正解決事情，但它讓當事人一再驗證自己從小信以爲眞並賴以生存的信念，因此要改變一個人的扭曲感覺並非易事，不但當事人要有自覺，還需有外力的介入。

舉個例子來說明扭曲感覺。有一天，外子爲著家裡遺失的耳溫槍而整晚生悶氣，每遇他板起臉時，聰明的我絕對會和他保持一個適當的距離，這是爲了避免他對我亂發脾氣，因爲生氣的目的是在疏遠別人，我不必在這當下和他玩喧囂這種心理遊戲——就是兩個

人在那裡罵來罵去，各說各話，僵持不下。爭論是非有時是一點意義也沒，因為每個人的生活價值觀本來就不太相同，生活在一起的愛的表現，就是包容彼此弱點，如果不願包容，那又何必在一起彼此受苦？

一個耳溫槍遺失，在我看來是不必發這麼大的火，轉個彎，再去買一隻，說不定哪天遺失的那隻就會失而復得。在此當下生氣，除了內傷，對事情是一點幫助也沒，這就是一種「扭曲感覺」。就成人的眼光審視，耳溫槍遺失時，眞正的感覺可以是惋惜或心疼，因為東西不見，還要花錢再買一個。雖然生氣也是一種如假包換的眞實感覺，但卻不是眞正感覺，因為當生氣產生後，只會消耗能量在抱怨與不悅中，對事情並無益處。但眞正感覺就能於事有補——當惋惜或心疼感產生，會更警醒我們要小心保管物品，以避免下次再遺失東西。

外子用生氣替代眞正感覺，說明了「生氣」這種情緒，在他小時是被允許且受認同的，在家人鼓勵下形成他的扭曲感覺，這可以說是他的生存策略之一——用生氣來控制周遭的人。但小時所採用的策略，長大後未必還能用，所以說：成長是自願性、自覺性的，就算我知道這是他的扭曲感覺，也不能強迫他一定要改變，我只能多自我修練，讓自己不受影響而已。

52 真正感覺

認知、情緒與行爲，到底是誰駕馭著誰？不同諮商治療理論的看法互異，TA學派較重視以認知爲主導，在精確的理解下帶出眞正感覺與行爲改變，其最終目標就是要達到「心理成長」。在此一過程中，個體需不斷檢視自己的自我狀態、腳本信念、心理遊戲、安撫狀況、漠視矩陣、扭曲系統、溝通模式等等，許多概念在本書中並未能詳實記載。本文以作者的親身經驗說明「眞正感覺」，主要在揭露成長絕非一蹴可及，任何概念收納入腦後，都需要一段漫長的實踐歷程，才能眞正活出概念的生命。本書第三部分旨在拋磚引玉，希望能喚起讀者對TA理論的興趣，從而學習TA並利用它來幫助自己完成生命的成長。

「你讓我很心煩」，說這樣話的人，似乎是把自己的情緒交給了別人。我要如何才能做自己情緒的主人呢？區分感覺的起源或許會有幫助。

同樣是在開車，遇到前面一部慢車，有的人火冒三丈高，大按喇叭；有的人想方法超越，心平氣和；有的人則怨嘆今天怎麼這麼倒楣呀，然後覺得很悶很煩。如果慢車是刺激，卻引發不同的感覺，那慢車必然不會是感覺的起源，只有自己才能決定感覺，「自己」才是感覺之源。

當我知道情緒是掌握在自己手中時，就會變得較理性。不是別人惹我生氣，是我決定要用生氣來回應。不是別人令我傷心落淚，是我自己決定要感傷的。如此說來，每一個人都要爲自己的情緒負責，不是「你讓我心煩」，而是我漠視了自己處理情緒的能力，我讓自己心煩了。

學會了區分感覺的起源後，再來學習區辨扭曲感覺與眞正感覺。我自己的親身體會是一條漫長的過程：多年前，當我學習到扭曲感覺時，我發現自己常會有的一個扭曲感覺叫悲傷。小時候我的母親常不在身邊，自小學一年級起，媽媽就北上求學工作，我在南部讀書，那種情感上的失落，使我出現了掉眼淚式的悲傷。對一個小女孩來說，媽媽不在身旁，是一件令人害怕的事，因爲沒有大人保護，遭受別人欺負時就無人可傾訴，害怕一直淹沒著我，但我卻無法表達，因爲怕也沒用，爸爸叫我「要堅強」、「要努力」、「要體諒媽媽的辛苦」，於是我只能表現「悲傷」，我掉眼淚爸爸心疼、媽媽也心疼，這種扭曲感覺就取代了眞正感覺。

扭曲感覺耗費了我生命中太多的心理能量，當我找到了眞正感覺後，我的生活開始出現了一種拉扯戰，我知道我無須再悲傷，但正視害怕並不是那麼容易的一件事。我學著正視這個害怕——害怕環境改變、害怕失去親人、害怕強權惡勢、害怕親密關係的似有若無。因爲看到害怕，我開始凝聚勇氣來面對它，我讓自己從害怕中解放，當我願意對焦，面對自己人格上的弱點，力爭上游、學做聖人之際，我才能眞正開啓心理上的獨立自主與邁向一條健康成熟的人生道路。

打破扭曲感覺，需要有強大的P與A，因爲扭曲感覺的起源是來自C裡的感受，根據TA學者的研究發現，人們P與A的心理能量總和，並不如C的能量龐大。這也就是爲何我說「需要有外力介入」的原因，不管是心理諮商與治療、閱讀治療、宗教治療……透過別人的P與A，再加上自己的P與A，這些力量相聚後才足以對抗我們產生問題的C能量。

成長是條漫漫又艱辛的苦澀之路，一旦蛻蛹而出，那種單純連呼吸都令自己滿意的狀況，著實讓人覺得神采奕奕，不虛此生！

53 優點轟炸

每個人似乎都喜歡聽包裹者蜜糖的語言，從積極的角度來看，這種「甜言蜜語」其實就是一種樂觀的展現。心理學家們很早就發現「樂觀的人，心理會較健康」，所謂樂觀指的是把事情往好處想，一旦我們將心力集中在正向的意義上，一股由內而生源源不絕的生命能量，就會如雪球效應般地愈滾愈大。「優點轟炸」，正是將舞台燈完全聚光在一個人的長處上，當人們感受自身爲美好靈魂的化身時，自尊自信的神奇羽翼也就自動安裝入體，夾著愉悅歡笑一躍登空、展翅凌翔！

如果每個人活在世上，都是在尋求「安撫」的話，那優點轟炸就像是提供了一個重要存款的機會，讓每個人的安撫銀行裡，儲存許多正向的安撫鈔票。

安撫，指的是任何一項認可別人存在的行爲，例如一個點頭、一個微笑、聊天哈啦、寫信問候……我們都喜歡得到正向安撫，無論是有條件的或無條件的正向安撫。

優點轟炸，看起來較像是一種有條件式的正向安撫。所謂「優點轟炸」，就是去說對方有什麼優點。有一天幫孩子們洗澡時，我就和我的寶貝們玩這個遊戲，女兒先炸我，她說我的優點是很會照顧小孩、很會說話、永遠快快樂樂的、很勤快、愛整潔。換我炸她時，我說：「妳也很會說話喔、很愛看書、很自動自發、會照顧弟弟、成績很優秀。」我們就這樣用某些條件肯定了對方存在的價值，這就叫有條件式的正向安撫。和女兒玩完，我也和兒子玩，因兒子較小，他想到的就不像姊姊那樣有條理，他只說了兩種：媽媽很會照顧孩子（他說的是一堆照顧孩子的例子）、媽媽很會教育小孩。換我炸他，我說：「你很聰明、會照顧幼稚園裡的弟弟妹妹、你上課很認真、很會吃東西、也會陪伴姊姊玩遊戲。」別小看這些正向安撫，這將是他們建立自尊自信的重要來源。

我喜歡偶爾就和孩子們玩這個遊戲，一方面不斷發掘他們的優點，另一方面當然也是藉此瞭

解孩子對我的看法。在學校裡，我也和學生玩這個遊戲，作法可以是由全班來轟炸某些同學，或者是改成紙筆方式，讓每位學生的名字都在紙上，然後由同學分別填寫每個人的優點，最後再一條一條剪下來，這樣每位學生就能拿到全班寫給他的優點。每次做這個活動，我都會發現學生因存了正向的安撫鈔票，而將快樂的表情掛在青澀的臉蛋上呢！

優點轟炸，炸出人性的光明，也同樣炸出每個孩子潛存的生命力量！

54 弱點轟炸

如果「優點轟炸」是人人都喜愛的蜜糖，那「弱點轟炸」就像苦口的良藥，雖然這帖藥讓人難以吞嚥，但爲了健康的人生著想，聰明人還是願意選擇好好服用這苦味良藥。在爲別人製藥的過程中，我喜歡一次一帖，這是爲了集中力量一次只對付一個弱點，雖然每個弱點的形成過程都不太一樣：也許因天生氣質如此，或者是後天環境形塑造成，只要即早發現症狀即早治療，效果通常都很良好。這就好比是竹子的特性，小朋友像小竹子，彈性佳可塑性大，彎曲要變直十分容易。「弱點轟炸」雖無法讓人抬頭挺胸，但一旦超越「心中的痛點」，所謂的生命意義也就盡在其中！

TA裡有一句名言：任何安撫都比沒有安撫要來的好！這意思是說，即使被打或被罵這種負向安撫，都比別人完全無視我的存在要好過些。這裡指的別人當然是我們在乎的人，我們不會希望被毫不相干的人責打，但當我們在乎的人完全漠視我的存在時，那就等於在宣告「我是一點價值也沒有的，所以別人才會對我不屑一顧」——這是多可怕的判刑，對一個孩子或對一個熱戀中的人，甚至是對伴侶來說，這種宣判無異是要和對方的心靈說再見！

「弱點轟炸」，聽起來好像很傷人自尊，但其實它就是一種負向有條件式的安撫而已，運用的好，反而可以成爲一種激勵的手段。有時，我也會和孩子們玩弱點轟炸，如果優點轟炸炸五個，那我在炸弱點時一定只會炸一個。有一次我跟女兒玩弱點轟炸，女兒炸我「臉太多痣、太多斑、睫毛太短、帶眼鏡」她全炸我的外貌，我聽了很高興，這表示我在女兒心目中只是外表遜一點而已。換我炸她，

我只說：「妳有點忘東忘西喔」，哇！她好高興地說：「妳看，我的弱點才一個，妳有四個耶！」我想她之所以那麼高興，是因爲連她親愛的老媽都輸她。

如果是不太好的弱點，我會在此時和孩子們一起探討改善的方法。以前兒子在幼稚園會亂打小朋友，我就用行爲改變技術中的獎懲原則來約法三章，並請幼稚園老師一起協助觀察處理，效果良好，兒子後來不會再打同學了，幼稚園老師也覺得很高興。前陣子，兒子又未經女兒同意就私自把女兒的紋身貼紙剪下並貼在自己的手上，我告訴他未經別人允許就擅自拿他人物品，這是小偷的行爲，既然犯錯就要扣三個蘋果，除此之外還是要還姊姊一個紋身貼紙。不過我會安排將功贖罪的機會，要求他用做家事來換回被扣掉的蘋果，最後再告訴他，這次只是扣三個，若下次仍不改，那就要加重處分！

弱點不是不能改變，但要趁小改，因爲小孩的可塑性非常大，一切習慣也還未眞正形成，做家長的只要不斷循循善誘，孩子其實都是非常願意表現良好的一面給大人看，關愛鼓勵永遠勝於責備批評，就好像一粒種子，只要給予溫煦的陽光、適度的營養，它們怎麼可能不開出璀璨的花朵？

弱點轟炸，雖炸出的是人性的黑暗，但它也同樣炸出了每個孩子未來改變的無限希望！

55 漠視

TA中認爲一個人有漠視現象時，可能會在三個區域中表現出來：自己、他人、現實。有時我們會漠視自己的感覺、想法和行爲；有時我們漠視別人的感覺、想法和行爲；當然，我們也可能漠視的是現實存在的環境。

人們之所以產生漠視，是因爲人們喜歡讓這個世界看起來是符合自己的內在「參考架構」，這個參考架構就像是我們從小所形成的世界觀一樣，它牽涉到我們的生活腳本（註一），以及在腳本中所設定和別人的共生關係。檢視自己是否有漠視的存在，可利用TA中的漠視矩陣（註二），本文僅舉生活中實例來說明

註一 伯恩對生活腳本的定義是：以童年所做的決定為基礎，為了得到父母認可的安撫的一種生活計畫。

註二 漠視矩陣乃由漠視的類型和層次所構成，如下圖所示：

類型 層次	刺激	問題	選擇
存在	刺激的存在	問題的存在	選擇的存在
重要	刺激的重要	問題的重要	選擇的重要
改變	刺激的可變性	問題的改變	選擇的可改變
能力	改變刺激的能力	對問題的解決能力	採取選擇的能力

（邱德才，2000）

刺激：忽略了對自己有影響的狀況
問題：忽略了這些刺激是有意義的
選擇：忽略了改變這些問題的機會

漠視的存在十分普遍，藉以提醒讀者：許多時候問題之所以擺盪難平，是因爲我們低估了漠視的力量。

當一對男女在談感情時，如果有一方一頭熱，付出很多眞情卻沒得到相對應的回報，那麼不漠視的做法就是直接詢問對方。如果不問，就要自己下判斷，對方既然漠視自己的熱情，其實就已經在說明了幾種可能的狀況：請放慢速度，我跟不上你的熱情；我無法承受你的熱情、我太忙，已經自顧不暇；請別來煩我；你不是我喜歡的那一型……或許還有更多的理由，當我們不去問，自然很難猜出對方眞正的原因，而有時即便問了，對方也未必眞心回答，或許是怕說了眞話傷人心，不然就是別人也許還想做好人際關係，何必非說眞話來刺傷人。

有些人就是會一頭熱，熱到漠視對方所提供的訊息，他們似乎相信：我

一定可以用自己的眞情感動對方，殊不知這種漠視的態度，更容易造成別人的反彈、厭惡與壓力。

有時我們也許明白這個道理，卻仍掉入漠視的陷阱裡，這又是爲什麼？其實這和自己龐大的心理需求有關，當內心渴望得到對方的安撫時，就會一直燃燒自己的熱情，即使遭到對方的負面安撫也在所不惜。所謂負面的安撫是對方的排斥、責備、冷嘲熱諷、虛僞應付等，直到對方一直用漠視的態度（不理不睬），當我們完全得不到任何安撫時（對方無視於我們的存在），我們確實也會死心的，但那時所累積的傷害絕對是要比一開始就不漠視對方所傳達的訊息要來的深且痛，雖然這種作法強化並驗證了當事者自己的腳本（也許是我根本就不相信男人，或者是我不值得被愛），但它卻對生命的健康毫無助益，甚至可能是一種心靈的不斷殘害。

聰明的人也許會察言觀色，但未必能做到改變自己；只有有心成長的人，才能學習不漠視別人與自己的心理需求。當漠視面具自臉上摘除後，最明顯的不同就是：我們不會再做任何傷害自己身心健康的事，而所謂的幸福快樂也就開始在內心中不斷滋生萌長！

附錄　生日的故事

1

二十歲生日的前夕，一位友人從老遠捧來一大籃花。二十朵玫瑰綴在長春藤裡，別緻的搭配中透露著生命的芳華。

『翠』綠『紅』花，知道妳一定會喜歡這一籃幽妙的清香。一朵花紅恰似一個年頭的祝福……」燙金的生日卡片上這麼寫著。

從那時起，生日便成爲我心中最珍惜的日子。

2

往常過生日，未曾有過更多的祝福與溫馨，內心也未湧現澎湃的愉悅與震盪，總覺得生日平淡無味。或許是我自身並不在意這有形的感受，認爲站在物質的層面上來對生命的開端，做一番評價，是對生命的一種蔑視，貶低了生命存在的價值意義。

而二十歲那年的生日，當一朵朵花容閃過我眼簾，我才驚覺自己長久以來深

植於心底的偏見；再娓娓地唸著一張張的賀卡後，那昔時自以爲平凡不足爲奇的字眼，頓時卻覺蘊涵無數的溫馨，句句的賀詞，輕快地抖動在生命的五線譜上。忽然，我有種被肯定的感覺。很多人不是在攤開手接納我嗎？我又何必將自己禁錮在自我的世界中呢？何不用有情的眼光來欣賞，省察這有情的世界？

3

有情的世界中，生日的確是熱鬧非凡。住在家裡，有爸媽親手點燃生日的燭光，暈紅中有著歡樂的生日禮讚；而離鄉背景的住宿生，也不會失去那一雙雙溫暖的手，爲他們呈上生日的祝福。或許，當你我把蛋糕往肚裡呑的同時，溶在心頭的已是無限的愛。

也許有人曾經懷疑這種「愛的公式」，就像馬戲班裡的小丑，滑稽的造型——油墨放大的眼，血紅油彩拉開的口盆，自然就會引逗小朋友的歡笑。生日的喝采，難道不也是一種虛僞的人際應酬嗎？

我終於想起了現代人所謂的「小丑面具」。

原先，那也許只是一張薄薄的人皮面具，妥貼地安

放在臉上，在長期掩飾之下，漸漸地竟和肌膚溶在一塊，撕掉它不但會破壞了一切，更會搞得面目全非。在人群中，他成了歡笑的來源，或許他常被忽略，但有他的地方就變得笑聲盈溢。

相信沒有人會喜歡生活在一個冷漠的環境裡，不是嗎?!僅管過生日就像是例行公事一般，但你是否曾想過在這一天，為壽星寫上些眞心的話呢？就像當你身旁有著這麼一位戴著「小丑面具」的人，請你不要以「可笑」的眼光看他，試著用善意去發掘，也許你得到的瞭解不僅是他表面所給予你的，而是更深更廣的內涵。

4

二十一歲的生日，正是自己黛綠年華之時，原以為會得到些「意外」的驚喜，結果竟是平淡無奇，眞是有點懊喪！

記得剛進大學那段時期，心裡滿是綺麗的憧憬，然而日子一天天的過去，那種眞摯友誼的期望，卻像沙漏鐘裡的彩色沙——一點一點地沉澱了，取而代之的是沒來由地憤懣。寫信告訴大哥哥——「大學只是沉悶的學術殿堂」，對這種忙碌的學校生活表現出了極度的疲憊。大哥哥的回信是「難道不能在生活中自尋樂趣嗎？」的確，我似乎太自私了些，一心想擁有眞摯友誼的支持，卻又不願多分些時間來對朋友表露自己的心思，這豈不是緣木求魚麼？「穹蒼當更高，碧海應更藍」的雄心固須操持，現實生活也得過下去呀！我有什麼權利要求別人依著我的「節奏」前進呢？

「一切的現實都必然是缺憾的，理想僅存在於人的不斷創造中。當一個人不能去愛，一切現實都只成吞噬人心靈的惡魔」。這是我二十一歲生日後所得到的最大了悟。

5

去年，生日一樣地來，心裡明白的是才剛降轉「心輔」，再加上女生宿舍整修，家住台北的就得搬回去住，想著大概是不會有人記得我的生日了。但沒想到的卻竟是國79乙的同學爲我點燃了二十二歲的燭光，在那一聲聲「祝你生日快樂」的歌聲中，我不禁強忍著淚水憶起了他們曾在我的手札——「年輕的日子」中留下的心跡：

「大一時不熟悉的妳，覺得妳是個特立獨行，獨來獨往的女孩，寫得一篇篇情感豐富的文章，後來接觸多次，才了解到原來的妳是個親切近人的女孩，胸口有敏銳纖細的情感，對於自己的人生目標有一份執著與毅力。」

「美——美得永恆才是真正的美」。

「真正好吃的東西是越吃越甘甜的；真正好看的東西是越看越喜歡的，就像小嵐一樣，讓我們大家越來越喜愛。只可惜，這場緣結束太快，快得讓我們來不及清醒，待我們夢醒三更時，才發現我們錯過了太多太多……」

6

蛻，一如成長的落瓣，觸地鏗然有聲，青脆如玉石，當我昂首凝望時，卻已是一個個孕釀豐盈蜜汁的果實。

所謂意外的驚喜乃得自於心中的一片虔誠。雖然生日的歌聲早已結束，但我明白這一股溫馨暖流卻會常在我心頭迴盪。

也許，只要人用心靈去感覺，同樣會有溫暖。就像這二十二歲的生日，也能自原本低落的失望中重新振奮我心。

【人生的8顆鑽石】

L1104　NT250元

本書用獨特的筆調與想法，以各種不同的角度，
簡單有層次的架構，探討人生諸多面向。
並透過簡短的故事與經驗分享，
啓發讀者，進而提升自己的生活層次，
創造出「閃亮鑽石」般的人生。

周鈞■著

【生命總會找到出路】

Life Finds the Way

L1101　NT250元

本書是一本不多不少剛剛好的生死探討書，
不慍不火地提供你一種**何爲生？何爲死？**的看法，
並帶著你一同思考生命中各項重要的議題，
突破不想，防杜多想，面對生死，想所當想。

劉明德／王心慈■合著

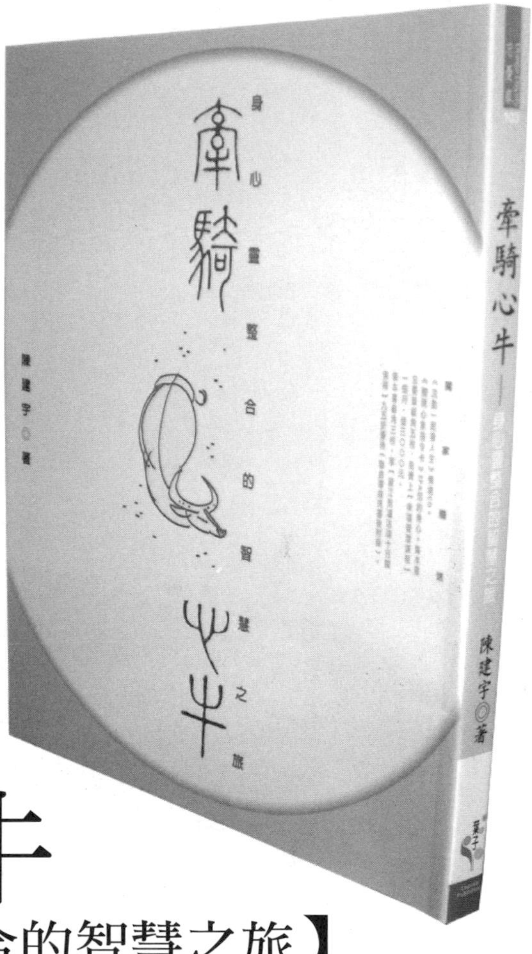

【牽騎心牛
—身心靈整合的智慧之旅】

L1103　NT300元

現代文明並未教我們如何獨處，
當我們把注意力收回來時，即使只有一剎那，
都會讓人感到頓失重心，不知所措。
別人不能使我們受傷，
因爲，我們可以選擇完整地活著。

陳建宇■著

Leaves Publishing

根

以讀者爲其根本

莖

用生活來做支撐

葉

引發思考或功用

果

獲取效益或趣味

葉子